文河 著

被风吹绿的笔记本

时代出版传媒股份有限公司
安徽文艺出版社

图书在版编目（ＣＩＰ）数据

被风吹绿的笔记本 / 文河著. -- 合肥 ： 安徽文艺
出版社，2025．1． -- ISBN 978-7-5396-8189-4

Ⅰ．I267

中国国家版本馆 CIP 数据核字第 2024MT8003 号

被风吹绿的笔记本
BEI FENG CHUILÜ DE BIJIBEN

出 版 人：姚 巍
责任编辑：张妍妍　段 婧　　　封面设计：李 超

....

出版发行：安徽文艺出版社　www.awpub.com
地　　址：合肥市翡翠路 1118 号　邮政编码：230071
营 销 部：(0551)63533889
印　　制：永清县晔盛亚胶印有限公司　(0316)6658662

....

开本：700×1000　1/16　印张：12.75　字数：170 千字
版次：2025 年 1 月第 1 版
印次：2025 年 1 月第 1 次印刷
定价：69.50 元

....

目录

1

3

芽

有时，叶比花好看，芽比叶好看。根是基础，芽是开端，花、叶是过程或者结果。

贴梗海棠、月季和芍药的芽呈绛紫色，紫郁郁的。我蹲在那儿观看时，大气也不敢出，生怕一不小心，随口吹一下，"呼——"，它们就一堆火似的燃烧起来，说不准会把整个春天烧成一座无法收拾的"阿房宫"。蹦皮榆、枸杞、水荆的芽是星星点点的冷绿，绿得沁人肺腑，让人掬不住捧不起，从手指缝里一个劲儿地往下淌。桂树、冬青的叶芽则紫中透绿、透亮，水质的，玻璃质的，从去年的旧叶子中簇生出来。旧的不去，新的不来——新的来了，旧的也照样不去。新与旧交替着生长。也可以说，一年四季，春天其实一直没有消失，一直欲断还连着。好多美好的东西，一直在人们内心深处默默潜藏着——生命总是让人低回留恋。

有时，我的心田中也会不分季节地突然冒出大片大片的芽苞来。有一些，我鼓励它们疯长。有一些，则被我硬生生地掐掉了。所以，我心中常常会有一点点疼痛与幸福，一点点美丽与哀愁，一点点期待与无奈，一点点快乐与轻松……

风　　中

榆树发芽了，冷绿的小芽，向外暴着，才刚有点像叶子。杨树发芽了，暗青的芽苞，又尖又长，还不是叶子。

树一棵一棵站着。有的笔直，有的斜着，还有的头朝下，弯到地上。拉一拉枝子，直了一下，又弯下去——大地上到底能有什么呢？这让我心里感到一丝忧伤。

河水又大又亮，一晃，一晃，一晃，老想站起来。我向东北，它向东南——就这样，我和一条河擦肩而过。

树林里、河滩上，到处是大堆大堆的野枸杞丛。枸杞发芽早，细长的枝条密密的、乱乱的，谁也不管地活着。枝条上的叶子密密的。哪个地方的枸杞丛多，说明哪个地方夏天来的鸟儿多。鲜红的枸杞果是鸟儿的美味。鸟儿在一个地方把果子吃了，在另一个地方拉下粪便，粪便中的种子也就落地生根。鸟儿喜欢在野竹林里落脚。有片野竹林里的枸杞就把竹林间的空隙塞满了。我想走进去看看，却走不进去，四面八方都有枝叶挡着。

有一段河滩上，楮树特别多。楮树的球形浆果也是鸟儿的美味。同样的道理，鸟儿也把楮树的种子带到许多地方。

樱花已谢，枝上是绛紫的叶芽。桃花刚打毛茸茸的骨朵，有一点点凉。

天上有很大的风。

有很多风吹进树林。有一些变成了叶子，有一些变成了花，还有一些，始终只是风。除了风，什么都不是。

我喜欢在风中想事情。世上的事情很复杂，世上的事情也很简单。我现在就是要把复杂的事情想简单。

树林里到处是枝条、花、芽，当然还有风声。夏天还很遥远，春天还不彻底。但你仍能感到有很多树荫在天空中悬着，仿佛它们一直都在，一年四季一直都那么或显或隐地悬着，并不曾凋落过，被风吹得乱晃，直要掉下来——仿佛一百年前的树荫都在，你一伸手，就能摸到。

被风吹绿的笔记本

年后立春，时值阴历正月初七。风细了，圆了，长了，丝丝吹着——穿过针眼儿，若有若无，仿佛来自灵魂的罅隙。阴历二十一，上午，有阳光。阳光变暖时，便成了一种抚摸。在路边，我发现那株野海棠的枝条上暴出了芽粒，星星点点的，猩红。很红很红的颜色有尖锐感，像针尖。好些年了，它一直没有开花。不知道今年它会不会开。我看了一会儿，感到很愉悦，感到春天正一针一线地把我织进她的图案中去。

麦子还没起身——是那种待要起身，犹未起身的状态，但看上去明显比年前绿了。这是在双庙地界。双庙，一个地名。我曾在此生活过几年，因此，对我而言，它已经超越地名。它是一枚灵魂的邮票。沿着黑茨河蜿蜒向南，在去神农药材厂的堤坝上，有一条杨树林带。从白龙桥到药材厂的这段距离，我看到了很多鸟巢，一个、两个、三个……一共十七个。鸟巢很大，粗糙，简陋，有乌鸦的，也有喜鹊的。这些鸟巢无一例外都搭建在最高的树梢上，有的一棵树上甚至有两个。很快，这些杨树就会长满叶子，就能把鸟巢掩藏起来了，并且会慢慢把它们举向一个新的高度。这样，过不多久，鸟巢中就会孕育出幼鸟，林子里就会充满新的歌声。从神农药材厂出来，在去王大庄的路上，我才看到五六只乌鸦，它们飞落到杨树上。我总感到乌鸦是种孤独的鸟儿。这么多鸟儿在一起，只不过加深了它们的孤独。又过一段路，在黑茨河河滩上，我又看到十来只喜鹊，溜河风把它们黑白分明的羽毛吹得有点凌乱。我在风中一动也不敢动。

在早晨，沉默整整一个冬天的花斑鸠突然叫了几声，是一只，在西沙河对岸那片杂树林子里。从此，在以后的许多个早晨它都会不停地叫下去的。我怀疑那片树林里还有一只斑鸠，只不过此时还没鸣叫。阳光明净，早晨的鲜明的阳光。古诗"初日照高林"，写的只是事实，但在经验主义的层面上，有着一种超越日常性的质朴的美感。我身边这棵野石榴树的枝条变得柔韧了，树皮吹弹可破，充满了一种生命的力度。去年，这棵树结了七个野石榴，小小的、圆润的红皮石榴，像北斗七星。毫无疑问，今年它会结得更多。天空会在它纷披的枝杈间降下一个更为璀璨的星群。沉寂中又是一阵斑鸠叫。我没有到河对岸去。我在河这边停下来。我一直守着一条窄窄的理想主义的河岸。

从贾顾庄到西沙河的这条路，我不知道曾走过多少遍了。同一条路，走得越多，越证明我的生活单调。但是，反过来说，为什么我就不能通过对简单有限的事物的反复描述，使自己抵达某种繁复呢？从贾顾庄到西沙河的这条路，中间还隔着李营。李营西头的那片天空，去年夏末，下午，阳光白亮亮的，我经过时，曾看到一大堆雪白的云。映着深邃渊静的蓝天，映着野地里那几棵绿叶郁郁的大桐树梢子，那白云显出极大的亮度和极其强烈的雕塑感。当然，那片白云早就消失了——过不多久就消失了。缘起缘灭，云聚云散。如今，只剩下一片空旷的天空。只有我知道，那片天空曾有过多么壮丽的景象。只有我，一直对那片白云念念不忘。因此，每次走过那条路时，也只有我一个人感觉到那片天空有一种无法言喻的荒凉。李营西有一大片樱桃林，小小的猩红色花骨朵刚刚从枝条上"脱颖而出"。脆弱的美从虚无深处再次来到人间。我一直在某种极端的有限性中生活。是的，我要在同一条路上，反复走，经常走，直到把它走成一种无限，直到用尽自己的一生。

那个乡村诊所在秦小庄东边，靠着一条砂姜路。一个小小的院落，三间出檐瓦房，青色的砖，灰色的瓦，白色的院墙。它的瓦很好看，半圆弧的小筒瓦，积满青苔，是小土窑烧的。二十世纪八十年代末期这种小土窑就被淘汰了，因此，这样的瓦如今极少见了。现在的瓦都是红色的片瓦。一个小筒瓦就像一个半括号，这些半括号顺势叠砌，呈鱼鳞状，便有一种沉静典雅的韵律感。诊所有着古朴清凉的色彩，有着皖北平原特有的深厚滞重的宁静，也有着可以看见，甚至掬在手中的清幽幽的光阴。我喜欢这个诊所的名称："一根针，一把草"。这个名称有着传统中医的平和、沉稳和自信，甚至略微显出了某种简洁的意味。院子里种着何首乌、桔梗、大青根、麦冬、白芍、忍冬（这种植物的花朵在福克纳的小说《喧哗与骚动》中有着那么浓郁暧昧的气味）。还有几种药草，我叫不上名字。根茎最大的那株何首乌被制成了盆景。白芍刚刚冒出红艳艳的芽粒。一只鸟儿在极高的天空中叫了一声，声音像一滴饱满的雨水，在一大片青荷叶般寂静的天空中滴溜溜地滚动好大一会儿，然后才突然笔直地落下来。生命在天地间流转着，并且波澜不惊。

在这片平原上，这些村庄其实大同小异，有些凌乱和陈旧，像被一阵大风突然刮成这个样子的，并且永远陷入寂静之中。甚至在刮大风时，这些村庄也是寂静的。风把声音都刮跑了。冬天，这些小村庄就更寂静了，尤其是夜晚。寂静到极处，世上所有的声音倒仿佛又回到寂静之中了。这样，寂静反倒成了一种更大的声音。冬夜，一个小村庄就是住了再多的人，还是空，还是寂静，还是让人感到时空无边无际。冬天的房间需要住上人，需要有灯光，熄灯后房檐上需要夜夜挂满古铜色的大月亮。风刮过来，刮过去，然后就刮到了春天。这时，风会把一些带走的东西送回来。风同时刮进所有空荡荡的房间，把色彩和温暖还给人间。风吹皱河水，吹皱女人的衣衫，还把一些人的心吹出涟漪。当然，风还吹动更多东西。慢慢地，村庄在风中发生变化。墙角的花朵在你看到或看不到的时候一夜之间就红了。然后，在你看到或看不到的时候，一夜之间，有的落了，有的变成了果实。星星特别大，特别亮，挂满酸枣树瘦瘦硬硬的枝条。春天到来的时候，我经常在村子与村子之间游走，直到盛夏来临，绿荫重新把我覆盖。村庄，一个最绿的词。记得二十年前的一个暮晚，父亲曾让我到邻村杨桥去找他的一个老同学喝酒。我很快就到了。整个村子静悄悄的，似乎空无一人。记得当时我想：这整个村子的人都到哪里去了呢？这儿有种古朴、被废弃和遗忘的气息。我感觉自己好像一下子来到另外一个极其遥远神秘的地方。村口有个大水塘，塘里堆着菱角叶子，开满金黄色的小花，也许还有莲藕。一株粗可搂抱的大黑皮柳树斜卧在水面上。到处是撕裂不开的浓荫，铺天盖地，似乎把我的双肩都压疼了。浓荫中还有许多幽暗又闪烁的光线、光斑和光点。那种寂静、温煦、厚实的氛围（就像一个梦境）包裹住我。我怀着好奇而又虔敬的心情放慢脚步……那时我才十来岁，我还没读到保罗·策兰的诗句"每当我与桑树并肩缓缓穿过夏季，它最嫩的叶片尖叫"（王家新译）。那强烈到近乎尖锐的内心感受啊！那种感受我至今不忘，但至今仍无法完全清晰地表达出来。

我是去年夏天发现那条沟渠的，它在三河村西南角。那是一个早晨。我先是从老远的地方看到那个四围长满杨树的水塘，然后就信步走过去，还没到那儿，就听到哗哗的流水声。那条沟渠从水塘向西沙河蜿蜓流去。刚下过一场暴雨，水积得很满。沟渠两旁长满茂盛的荒草。几只鹌鹑突然蹿上天空。我顺着流水没走多远就返回来，因为草叶上露水珠子太多，把裤脚都打湿了。深秋的一个黄昏，我又去过一次。渠水变得又细又浅，几乎看不到流动。夕阳一片火红。枯黄的茅草在西风中发出极长极硬的声音，细细的，不绝如缕，像针尖，一下下扎在心上。白色的花絮漫天飞舞。我静静地站一会儿，走了。整个冬天，我一次也没去过。但我老是记着那条沟渠。有时我想，我应该再去看看它，但我最终没去。我第三次去的时候，已是春天。春天对我来说，更是一种信念。只有一无所有的人，才能看到更多的春天。这次，我顺着这条沟渠一直向前走。最细微的事物也能把我带走。我想，就算从这个水塘到西沙河这段短短的距离，也足够我走这一辈子的了。我走啊走啊，像个无助的孩子。

　　第一次看到这些石楠的时候，我并不认识它们。回去查了查资料，才知道它们的名字。以前，曾在勃朗特三姊妹的小说中，读到过描写这种植物的文字。它们在哈代的小说中也大量出现。而这几丛石楠就长在刘关小学校园南面的空地上。厚墩墩的叶片呈暗绿色（它们的厚度很像枇杷叶，颜色稍浅，但叶形要比枇杷叶俊秀），叶片层叠有致。很多常青树的叶片只有等到新叶长出后才会脱落，而石楠的叶片则能经受好几个冬天。现在是春天了，石楠的枝头又萌生出新的叶芽。这些小小的、鲜嫩得不可碰触的叶片，在阳光中闪闪发亮。当你凝视它们的时候，你会感到这个世界正在慢慢融化——融化成旋律、色彩、光芒。我早就想写一写这些石楠了，这最纯粹的生命。我看到一些事物，如果我不能把它们表达出来，我觉得就是我对它们的亏欠。我必须浩大。我必须在死亡与永生中写下最动人的文字。

沙　　河

　　沙河从县城西侧流过，所以，这儿的人们就把它叫作西沙河。我住在城西地带，西沙河离我三里左右。黄昏，我向西行走，如果走得快些，到达西沙河，就会看到夕阳正好落在水面上，河里一片通红；如果走得慢些，夕阳就已沉没了，水面只剩下一片漠漠的暮色，好像这世界上很多东西都走了似的。这时，我就随便站在河滩边哪棵绿槐下，静静地听一会儿蝉声，然后，在黑夜来临之时，离去。

　　此河在此地被称为沙河，流经阜阳即古颍州被称为颍河，然后蜿蜒入淮，入洪泽湖，入海，云蒸霞蔚，浩漫不知所终。天下的水都是相同的，但天下的河各个不同，水的命运也因此千变万化。

　　二〇〇〇年初夏，我从城东搬到城西，到现在不知不觉已经过去五个年头，我还没有打算离开的意思。二十岁以前，我认为这辈子应该定居在爱情中；三十岁之前，我还没有放弃"生活在别处"的信念。我的四十岁还没到来，但三十岁之后，我已哪儿都不太想去了。我只想静静地守着一小片地方，守住生活中某些微不足道的东西。但有时我也想，也许是这些微不足道的东西拴住了我，让我无力离开——这样的叙述，说明我是个内心充满矛盾的人。

　　二〇〇二年春天，我乘渡轮到河对岸去玩。过了长满杨树的行洪区，有一个小村庄。我相中了村后那片春天的荒树林子和林中野花盛开的青草地。村后还有一个长着芦苇的水塘，是村人取土烧砖挖成的。我当时突然冒出一个念头，想在那儿租个院落，生活一年半载，每天写点什么，或者什么都不干，就那样闲着，静静地面对着自己。这个念头当时很强烈，但对我来说，当然不能实现，只是想想罢了。在我的生活中，常有很多类似这样简单而又不切实际的念头。它们不绝如缕地出现，或长或短地持续一阵子，然后悄无声息地消失。

我说过，我已经在城西地带生活了五年。但我不知道，还要在这儿再生活多少个五年。好在我的一生还应该有好几个五年。我生活在这条河附近，它不可能离开我，只有我可以离开它。有时，坐在岸边，坐久了，我曾荒唐地想，一条河，如果它能站起来，它应该是什么样子的呢？一棵树躺下，仍然是一棵树。一条河站起来，那就不是一条河了，也许是瀑布，也许是别的什么事物。一个人在一个地方是他，到了另一个地方，也许就永远不再是他了——我总是不自觉地对生活于其中的世界作一些高于现实的猜想和虚构。我向往某种生活，但在一个地方生活久了，就算有朝一日真的实现了，也许反而会不适应了。我知道这点。我已经三十多岁。我生命中最好的时光已经过去，余下的岁月，只能充满更多物质意义上的事物。

慢慢地，我的梦想已不会比一条河走得更远了。我的梦想已变成河岸上的一棵树，泥土中是向下扎的根，天空中是一摊水汪汪的绿叶。

我越来越感到生活中的一些事物让我无力离开。比如，我无力离开这条河。这样，我就不得不爱上它。我不得不爱它枯水期的清瘦，不得不爱它丰水期的丰满。甚至，我不得不爱它的泛滥和污染。当我说，沙河，沙河，我仿佛是在叫着一个活生生的名字。它和我的生活之间已经没有什么距离了。

树的声音

树高于人，森林高于人类。

人类的崇高与伟大比不上花朵的美丽与渺小。

在这充满痛苦与哀伤的大地上，树那么静，一点点长出它的叶子，一点点长出它的枝条，一点点开出它的花朵，一辈子也不说话。死了，就变成干净的木头。风吹过来，叶子动了动，枝条动了动，花朵动了动。树那么静。

树根向土里扎。人活着，就是一点点向大地深处垂直地下沉，一直沉到比树根还要深的地方。

树梢头那一丁点儿地方，就是我终生想要到达的——我要的永恒是某种理想的诗性状态，与时间无关，是一朵花突然开了的境界。也许只是一片叶子动了动。

上帝最终是对的。活了许多年，我才慢慢明白，我的路在天上。

青　草

春天，草一点点钻出地面。很快，草叶就长大了，长密了，有了托住露珠的力量。阳光照着青青的叶子，花朵开成一盏盏澄明的小灯。泥土里也有天空。草把自己的影子压在小小的身子底下。以前，我认为做一棵树比较好；现在呢，我则认为做一棵草其实更好。

做一棵草，和其光，同其尘，与天地同在。

坐在河岸边的草滩上，我读一个叫爱德华·托马斯的人的诗歌。我已经读好几遍了，现在还在读，常读常新。这个死于一战的英国人，我喜欢他单纯朴素的诗句中的阳光、青草、村庄、鸟鸣和一阵阵风声。风里还带有一点细致沉静的忧郁。（以后也许我会更详细地写到他。）他说："一切都是大地的，或一切都是天空的，两者之间没有什么差别。"他还说："我是全能的，甚至不为自己一事无成感到悲伤。"这样的句子让我感到幸福。这是一种干干净净的幸福。

树叶静静地生长，青草静静地生长。河水流啊流，昼夜不息。云起了，云散了，鸟来了，鸟去了，日升日落，月圆月缺，天地却始终镇定如一。

我应该像清风一样，在草叶上安静地歇着——像清风一样，没有一点阴影；或者像草叶一样单纯、干净，散发出清新幽微的气息，在时间深处，静静地开自己的花朵，静静地结自己的种子。我是低小的，我的存在也是低小的。我像草一样生存，春荣秋枯，处于边缘和低下，知白守黑，光而不耀，归于浩浩无极。

我有点老了，当然，还将继续变老。因此，我没有理由不更加真实地生活和写作——忠于自己，也是忠于别人。

生　　长

一个红衣女人，在苍松翠柏下锄地。去年的树荫很重。今年的树荫正在枝上积攒着。蚕豆快开花了。

只要站住，你就能听到事物那种幽暗宁静的生长。

这种声音很轻，就像一阵蝴蝶的心跳声。

于是，光明从大地深处一点点升起来。天空越来越蓝，充满绿叶、花朵和果实。

一棵大杨树，发芽了。树那么大，人那么小。人靠着树，看天。不知道什么时候，人走了，不知到哪里去了。只剩下一座小小的空房子，像个蝉蜕，破了——独自承受风雨。那棵大杨树呢，挂满小小的寂静，被灿烂的阳光照得发亮。风缓缓穿过枝头喜鹊的空巢，还有一丝风留在了那儿。斑鸠声从另一片广阔的天空传来。

一朵小花在背阴处，对我轻轻呼唤。如果不是听见声音，我就忘了找它。

——我就走远了，就走到了这朵花的前世。

垂　柳

　　垂柳是一种抒情的树，也是一种敏感的树。当然，它也是一种唯美的树，是一种高于所有现实的树。相对于其他具有实用性的树，比如桑、槐、楸、桐等，它不具有太多具体的现实性。它只拥有更多的虚幻和生命的美。它剔除了自身所有沉重的东西，节奏感变成了无声的旋律，忧伤得只剩下千万条曼妙的线条。

　　深深地下垂，笔直地下垂，无可救药地下垂。整个生命都在下垂。无限地下垂，垂向一个看不见的深渊。越下垂就越无奈，越哀伤，越无法接近什么。它无力去承担什么，甚至无力承担微风中那一丝丝无所依傍的震颤。它已经没有了它自己。

　　在它柔若无骨的身体里，充满了黄昏、月明、清风和虚无，充满了流水、江南、阴影和诗歌，充满了渭城朝雨、西风残照和汉家陵阙，充满了灰烬、梦想、天空、大地和火焰，充满了鸟啼、虫鸣、云朵，以及莫名的惆怅、忧伤和疼痛……似乎它的每一条纹路和叶脉中都静静地流淌着张若虚、王维、韦应物、温庭筠、李商隐、李煜、韦庄、晏几道、柳永、秦观、周邦彦、李清照、姜夔、纳兰性德、曹雪芹和蒲松龄等人古老的血液。它以自己的婉约之美相对应于孔子所手植的挺拔苍翠、正大庄严的桧树。

　　在虚虚实实的岸上，在真真假假万象纷呈的重叠与交错中，它忍不住从自己的深处、从生活的淤泥和灰尘之中冲了出来，如此赤裸，如此一无所有，如此走投无路，以至于这世上似乎没有一个地方可以更好地安放这个自己。它只好把自己安放在至柔至静的水里了——似乎它只能逃到这里，逃到一个亦真亦幻的王国。

是啊，这片水面如此清晰地接纳了它，仿佛这一个才是它真正的自己，才是它一直寻找的那个迷失已久的自己。而岸上那个近在咫尺的形象，只不过是它隔世的影子——一种逼真的虚构。

樱桃花事

二月二十四日。二月已近尾声，气温回升。李营村南那片樱桃林开始打花骨朵。一片很大的林子。天空高、蓝、静。在这样纯粹的天空中，仿佛有一群群透明的深蓝色的鱼儿在身边慢慢游着。花骨朵绯红、紧凑、内敛、安然，一粒粒缀满枝条，仿佛只要轻轻呼唤一声，它们就会立即跑出来。但我在树下静静地站着，甚至不敢大声呼吸。我怕惊吓了它们。也许站在这儿，对它们就是一种惊扰了。因为我知道，这些花骨朵，它们来到这个世上，除了自己的美，别的什么也没有，因而脆弱、孤单。这些花骨朵，哪一朵最先开放，我就把哪一朵叫作乐乐——我用女儿的乳名呼唤它，并把它当作自己真正的女儿。

二月二十五日。花骨朵变大，似开却未开，一种显而易见的润泽和柔软。这种微妙而美好的状态，恰似一个女人的似笑非笑。林中有很多鸟儿鸣叫，清脆、活泼，充满生命的喜悦。昨天我只是站在林子边缘观看，今天我走了进去。在几株枝条繁密的树间，我还看到一个无名的土坟。在这儿长眠，是另一种更优美的生存。如果土坟消失，大地重新恢复自己的平坦，这种生存就融入大自然浩瀚无垠的永恒。从细小处——每一个花骨朵、每一根枝条——来看，你会发现花事并没什么明显变化。但是从总体上——一整棵树、一整片林子——来看，你又会发现，

17

在这花事中又明显多了点什么——多了点新鲜的色彩。同时，你还会觉得，你的心中也多了点什么。但是对于这一点，你无法说得更清楚了。因为那是一种花开的感觉，也是一种最纯粹的生命感觉。

二月二十六日。花骨朵大都变成花苞。很多花瓣几乎从花萼的保护中舒展开，有的隐隐约约可以看到淡黄的花蕊。浅绿如玉的花萼，鲜红欲滴的花瓣，这些花苞显得羞涩、含蓄、贞静，呈现出最动人的色彩。今天，我还看到一株非常奇特的大樱桃树，整株树花苞特别多，也特别艳，但在密密麻麻的枝条中，有两个枝条上的花苞居然是碧绿色的，花萼和花瓣是那种非常清明的碧绿。也许这是一种罕见的自我变异。秋天，万木萧萧，我们感受到的往往是那种浓郁的整体氛围。而春天，在每一个默默无闻的角落里，我们也许都能发现一些最意想不到的美好细节。

二月二十七日。从昨天傍晚开始，气温下降很大。清晨，有很大的风。太阳毛毛糙糙的。花事的进展显得迟缓。等待一朵花开和等待整个春天到来，我觉得其意义是相同的。当对美产生强烈期待时，我们便会觉得美的进展缓慢。人们往往注意到美作为结果时最绚丽的表象，却忽略了美背后的或内在的那种缓慢甚至曲折的酝酿过程。其实美的任何一种突破和进展都非常艰难。但它的酝酿过程一般过于隐秘，或者过于平常，以至于我们无法觉察。

二月二十八日。落雨了。雨从凌晨两点开始落下，整整一天未停。气温继续下降。花蕾仍未升华成花朵。遥看依稀满林花开，近看只是浓浓花意。林中仿佛有我走失的古典新娘，但打着内心的红灯笼，在所有时光深处，我再也找不到她了。我只能在这些长长短短的枝条上，看到她留下的那抹鲜艳的胭脂红，却徒有一腔相依为命的感觉。枝上挂着亮晶晶的雨滴。这些雨滴，仿佛某种被上帝扣押在天堂中的东西，现在又还给尘世。村庄荒凉了。整个林子阒然无人。这个时候，只有我来看樱桃花，只有我来关心樱桃花的开放。是的，这辈子我一直致力于这种虚无的事业。

三月一日。雨停了。但天空仍阴沉沉的。在离林间小径不远的那株樱桃树上，我意外发现一个小小的粗糙简陋的鸟巢，孤零零地构筑在两个较粗的枝杈间。我不知是什么鸟儿的巢。这个巢有种临时性的特点，不像孵育用的。几天前气温在20℃以上，如今已降到10℃以下。春寒拉长樱桃花事的叙述过程。但在林中，我还是看到了几朵率先绽放的花朵。还有几朵几乎已经半开。当然，在大自然的无限丰富多彩中，你完全可以对它们视而不见。但对我而言，这是一件相当隆重的事情。我把一朵花的开放看成一个小小的辉煌、一个神性的恩赐、一个事物隐秘的内部发出的清晰的声响。

三月二日。微风。天空飘着极细极柔的雨丝。也许不是雨，只是一种潮湿的感觉。樱桃花事仍在缓慢进展着。相对于昨天、前天，甚至大前天，这种进展似乎微乎其微，但如果再向后回顾，我们发现，整个树林的变化就非常显著了。又有许多花开放。也许昨天就开了，只是我没有看到。这些花，只要开了个头，就会不停地开下去，直到每一朵都拥有自己应该拥有的那份美丽。在西沙河堤坝东侧的一个转弯处，我突然发现，有棵树的梢头，枝上的花朵不知什么时候几乎全都开了。花瓣舒展开时，那种鲜艳的绯红也随之消失，花瓣变成淡白或纯白。这么大的林子，还有多少变化是我不曾看到的呢？每一个事物的存在都不是孤立的，都只不过是整个宇宙事件中一个小小的环节和线索。越是单纯的事物，越无法深入和穷尽。从这种意义上讲，即便只生活在这一片林子里，也足够让我的一生有所发现，甚至由此而达到那种人类所共有的无限浩大的永恒。

　　三月三日。雨声哗哗。整个树林的花几乎达到绽放的顶点。每一棵树上都能找到绽放的花，包括那些最卑微的枝条。有很多树，枝上的花苞几乎全开了。还有一些，已经开了一半。如果不是雨太大，地面过于泥泞，我就到西沙河堤坝西边那片林子里去看看了。那是一片更大的林子，一直向北绵延，大约有一公里之远。雾气氤氲，静水流深，我估计那儿的花事更为繁盛。做一朵花多好。一根细小的枝条，足以让一朵花，让许多朵花安放自己，足以让它们安放自己的一辈子。

　　三月四日。雨停了。有一会儿，天空出现阳光。花朵大都开放了，满林芬芳，每一根枝条都呈现出最抒情秀美的风格。这些花朵，有的成了姐姐，有的成了妹妹，有的成了妻子，有的成了母亲。而那朵在某个最婉约圣洁的时刻最先开放的花，一定会成为一枚最甜美的果实。我热爱它们。林子里除了风声，你什么也听不到。但在风声之外，的确还有另一种声音存在。无论你听到还是听不到，这种声音是一直存在着的——那是一种生与美的旋律，温柔而又深沉，在大地之上、苍天之下，悠悠长河一般，充满宁静恒久的力量，无尽地涌流着。从宇宙洪荒，一直唱到现在，唱向未来。

小　船

　　太阳刚露头，我就从西关纸厂家属院的那间房中出来。窗外是一片樱桃林。整个夜晚我一直开着窗子睡觉，清凉的夜气一阵阵透过来，仿佛睡在露天中。也许有细碎的虫鸣——"虫声新透绿窗纱"（唐人刘方平），一种把玩不尽的略显纤巧的清新。很快，太阳就升起来。阳光泗红了一片，一只瓦灰色的小鸟在旁边那棵樱桃树的枝上鸣叫，清脆响亮。我发现，鸟儿的身体越小，鸣叫声往往越婉转响亮。大鸟常常是沉默的。

　　我是昨天傍晚来到这儿的。我看到了夜色中的西沙河。河面静悄悄的，神秘、幽深，充满某种难以预测的力量。河水平静，像镀了一层锡箔或打了一层蜡。

　　乾坤浩荡，深水处鱼龙寂寞。

　　一只运载货物的小货轮缓缓驶来。船头有个人拿着一盏矿灯站着，遇到浅湾就亮起灯光，打出一道巨大的光柱，河面开阔时就把灯光熄灭，货轮又在更黑暗的水面上行驶。货轮经过后，水面仍然动荡不止，沉沉黑暗中，水波一叠接一叠地向岸边涌来。套用海明威的《老人与海》中关于大海的比喻就是：仿佛西沙河正在赤身裸体地同什么东西激烈地做爱。顺便说一句，海明威的这个比喻是我所读到的对大海的描写中最为有力、最为生动的。昨晚我在河滩上坐了很久。星星明亮、繁

21

密，在天空中闪烁，仿佛摇摇欲坠。这让我想到川端康成的小说《雪国》结尾的句子："银河好像哗啦一声，向他的心坎上倾泻了下来。"在沙河滩上看星空，正是这种感觉。同样的事物，经过一代又一代人反复不停的描写，变得更为丰富、深刻。而这些描写，也把这些美好的感觉保留下来。最终，这些感觉成了人类心灵中一种共有的、普遍的永恒体验。

阳光照在水面上，我沿着河滩向南行走。樱桃花有的已经残了，有的还在盛开。桃花刚打骨朵。但有棵桃树上，有几朵已经开放，一朵，一朵……屈指可数，零零星星，看上去非常孤单。仿佛很多年前的春天它们就来到了，仿佛早在《诗经》诞生之前的春天（桃花深深地陷在春天之中不能自拔，无处可去）它们就已经来到这儿。这些花朵有一种尼采式的孤单——我来到这个世间太早了。多么孤单的生命！孤单得稍纵即逝，一点也把握不住自己。

不久，我看到那个小渡口了。顺着斜坡下来，几株苦楝树下有个小卖部。去年盛夏的黄昏，我到西沙河看夕阳沉落。河堤上树太高、太多，到处是乌云泼墨般的浓荫。我下了堤坝，沿河而行，突然就发现了这个渡口。夕阳横空，辉煌壮大，光波汹涌如潮。当时有个女孩子在小卖部里文静地坐着。盛夏，她寂寞的美丽和青春。如今不知她到哪儿去了，只有一个老妇人坐在那个位置。河中心停着一只小船，船头插着一面红色的旗子，上书一个黄色的隶体"鸿"字。

河这边有很多人等着到河那边去，河那边有很多人等着到河这边来。

对　岸

　　春天的河水大了，开阔，悠远，奔流不息。河面上春风吹拂，清新柔和。阳光从天空垂下，照耀万物。河水向远方流去，清风从远方吹来。贪婪使这个世界变得疯狂。我们已经拥有天空、大地、阳光、清风和流水了，我们还要什么呢？我们应该为我们的存在感恩。这些年来，我们只想着索取，却忘记了奉献。这让我们的心灵变得越来越狭隘、昏暗、干涸、沉重。我们离幸福越来越远了。我们早已背离存在最初的意义。我们的生活在继续，生命却日渐枯萎。在这样一个充满阳光和清风的时刻，一个讨厌说教和劝谕的人也忍不住默默喊道："让我们一起来相互热爱吧！"

　　临河的地方，有一个用野蔷薇做篱笆围成的小小果园。很多白色的小花瓣飘落着，落得很慢、很轻、很安静，半天一片，半天一片——啊，凋谢也可以如此美丽从容！这些小花瓣，像赴一个幸福的婚礼，像天空对大地的一种惜护和爱抚。现在，野蔷薇正在长自己的叶子。等到果园里果树的花朵慢慢变成果子——果实一个又一个静悄悄地来到这个世上——野蔷薇才会开自己最红艳的花朵。

　　一对年轻的夫妻，带着他们花朵一般的女儿，从园后那条小径走来。他们显得那么幸福、祥和，就像一幅画儿——太阳、月亮和星星。看到这人世的美丽与纯洁，我的眼睛湿润了。他们坐船到河那边去了。

河对岸，人就有点小了。再远一点，已是一片模糊。

生命是一粒尘埃、一缕清风、一个充满生机的无——于无限宁静中又悄然幻化为无限江山、天地万物。我继续留在河的这边。穿过密集的枝丫，我想再走一走昨天的回头路——虽然事实上已经永远回不去了。

转身之间，很多事物已发生了变化。回头一望，河对岸的树叶就绿了。再回头一望，又都是花朵。

桃　花

在春天，在这片如此小的土地上，我怎么能回避得了这么多的桃花呢？

说这片土地小，是指一片花瓣就能把它覆盖得严严实实。因此，在这儿，我没办法不到处碰到桃花，不到处碰到美。太多的桃花，满满地开在天空——天空那么大、那么高，再多的花朵，都可以开在天空。而这一棵棵大大小小的桃树，在这片土地上就多得没地方生长了。于是，有一些长在地上，还有一些就只好长在比地面更高的地方。

事实上，这片土地不能再小了。如果再小，小到最后，那么它就会变成一根针，深深扎在我日益苍老的心头。这样一来，我和桃树就只好在某种尖锐的疼痛中生存了。

当然，现在，它还可以再小一点，但它只能小成一枚小小的果核。这样，它就在温暖的花朵里一点点变硬。这枚果核一点点长出果肉，一点点变甜，被一根枝条挑起。但是，这枝条要高，要向阳，要得雨得风，这样果实才没有虫眼，才没有疤痕，才能长成心脏的形状。这果实到最后就变成某种思想和美学的养分了，融入我源远流长的血液。

所以说，我终究是幸福的。

这些花朵，如此妖娆，如此冶艳，花瓣向着五个方向（一朵花一般是五个花瓣，也有极少一部分是四瓣的）张开，呈现出一种极其优美舒

25

展的造型。

　　要说一种花的开放，达到这样强烈的效果，也许那就不能叫开放了。开放到疼痛的地步，其实应该叫作分裂。分裂产生一种近乎失控的美。但每一朵花，最多只能分裂成五瓣。不能再分裂下去了，如果再分裂下去，再多分裂一瓣，毫无疑问，整朵花就会崩溃。已经来到了悬崖边上，而在最后关头，美总算恰到好处地掌握住分寸。

　　当然，我希望花朵越艳越好，最好每一朵花都艳得沸腾起来。如果它们真想端庄安静，那也得等到黑夜来临，密密麻麻的露水和流星降下来之时。而此刻，阳光灿烂，清风万里——且看这新叶正鲜，花朵正艳。浩浩苍天下，一个人无端端地悲喜茫茫。

李 子 树

那年夏天，我曾见过这棵李子树。今年春天，我又见到它。我还会见到它——我总是一次又一次地到达一棵开满清澈花朵的李子树。如果我无家可归了，那么，一棵树就是我的一种触手可及又高度抽象的归宿。

那么多细细长长的枝条，发出那么绿的叶子，绿得能照人影儿。小小的密密的白花，湿漉漉的，沾满大颗大颗的露水珠子。这棵树仿佛刚从天上回来——它扭一扭身子，就从天上回到地上来。我说，作为一棵树呀，它开的花甚至太多了，它不知道，它一点也不知道，在一个过于宁静的时刻，太多的花让人忧伤。

而如果它作为一个隔世的女人呢，我还要说，它太美了。太美的女人就不再是女人了，就变成了一棵美丽的树——太美的事物最终都会变成一个忧伤的梦。它浑身上下挂着这么多的上一辈子的露水，到了这一辈子还一点也没有晾干。我说，谁要是爱上这样一个隔世的女人，他的爱就注定永远有一种镜花水月般的距离——我只知道这个女人姓李，她是李家的一个姑娘，我却永远打听不到她的名字。

……在很久很久以前（遥远得他自己都无法知道）的许许多多个或冷或暖的日子里，有那么一个人，他从很远很远的一个地方来，到很远很远的一个地方去。他走过很多地方，走过一个又一个小小的村庄。也许他是为了给自己的生命找一间小小的合适的房子。也许他什么也不找。那些小村庄静悄悄的，充满了风。村庄里有土房子，也有木头房子，有篱笆、鸟鸣、云朵、亮闪闪的鱼群、泪滴一样的池塘和很多很多小小的星座。

在最后一个小村庄里，他发现了她。

她一直在这个小村庄里等他，明亮而安详，一直这么微笑着安静地坐在一颗永恒的露水里或一粒温暖的尘埃里。她等得太久了——太久太久了。他来到时，她已经变成一棵李子树……开花，发芽，结果，落叶，应和着四季周而复始的轮回，不言不语，不悲亦不喜。风从天空落下来，一点点滑过枝条，无限清凉。

他已经放弃了很多，他还要继续放弃，直到一无所有，直到只拥有自己的平静和衰老——现在，他什么也不要了。他只愿静静地守护着一棵开花的李子树。

他看着这棵树开花，就让自己比一朵花低一点，再低一点。他看着这棵树长叶，就让自己比一片叶子小一点，再小一点。到了一定时候，他就吃它的果子。

——他只吃被风吹掉的果子。他从不去采摘。

四月的花叶

植物的花叶四月份最好，尤其是四月初。这时各种树木的叶片刚好长出形，尤其是杨树的叶子，非常好看。杨树林的梢头齐刷刷的，像雕刻在蓝天上。叶子映在西沙河的水面上，晕晕的一大片影子，一实一虚，真是相得益彰。河滩上还有成片的油菜花。油菜花的色彩浓得没有了层次，映在水里，黄澄澄的。有小船驶过，后面便拉扯开一匹长长的"锦绣"。

西沙河有一处水面长着几丛浅苇。芦苇的芽箭有点像竹笋。芦苇的叶芽春天最好，芦花秋天的黄昏最好。要晴朗的黄昏，要有一丝丝瑟瑟的风。有一次我看到几只野鸭在芦苇丛中嬉戏，就见天空中忽然掠过一团黑影。这黑影平稳、坚定、直截、明快地冲向其中一只野鸭。当时，我一下子就认出了这是一只雕。它的两只翅膀展开时约有二尺半长。我甚至看见它钩状的尖喙。没有人知道这只雕伏在何处。平时雕是沉默的，但在冲向野鸭的那一刻，它的力量就全部表现出来了。

暮晚，大地静下来了。天上一弯新月。青草香，绿叶香，花香，还有很多东西慢慢沉淀下来。一棵长在屋角的杨树的影子，映着清肃肃的天空，看上去让人心里有种说不出的滋味。

树那么高大，屋子那么矮小。

柳树的叶子长得最早，到了四月初，柳条上就起柳絮了。柳叶和别

29

的叶子不同，三月初看上去才最美。四月的柳叶有点风尘气。不过，黄昏，夕阳隐没了，暮色还没到来，映着水面，远远看去，别有一种风韵。如果在星月之下看，倒有绰约之姿。这里说的是垂柳，一般长在水边。我们这儿还有一种柳，叫旱柳，枝条刚硬散乱，一条条向上蹿，没有韵律感，也没有柔媚之气，但是枝叶浓密繁茂，也很奇特。这是北方的柳，有着北方的性格和骨气。

榆树的叶子刚长出来时星星点点，很冷很瓷实的绿。榆钱很大，一串一串，碧绿。榆钱可以拌上面粉蒸吃，也可以蒸熟后用油炸一下或炒一下再吃。只不过短短几天，榆钱就老了。老了的榆钱发黄发白，风一吹纷纷飘落。

枣树发芽很晚，但四月初，枣树也长出叶子了。曲曲折折又老又枯的枝子上，暴着点点清新的绿意，沧桑中透出生命的活力和韧性，看上去让人感到生命的悲怆中有着那沉着的一笑。

石榴树的叶芽一簇簇的。白皮石榴树的叶芽翠绿，红皮石榴树的叶芽绛红。五月，榴花会开得如火如荼。"秾艳一枝细看取，芳心千重似束"（苏东坡），那就不计后果地怒放一次吧。也许做个浪荡子，醉生梦死一番，也是好的。毕竟，生命只有短短的一次。

昨天下了一天一夜的雨。夜里打几阵子雷，很响，倒像盛夏的雷声，似乎天空一时有很多话要说。

早晨天晴了，天光大亮。我喜欢一起来就是一个好天气。

柿树的叶子大了许多。浅浅的绿，透明。每个叶柄处都打一个小小的花骨朵。柿花本来就很小，乳白色，像玉。但是柿花很多。再过几天，柿叶就更厚更大了，变得很硬，绿得发黑，柿花也会开得满枝都是。每个绿豆般的小青果都顶着一朵柿花。

橘树的青枝上缀满淡白的又微微透绿的花蕾。橘叶很香，容易遭虫咬，不过，现在虫子还不多，倒是来了两只白蝴蝶。蝴蝶骨子里是个抒情诗人，一个不可救药的唯美主义者。"菜花成荚蝶犹来"（范成大），蝴蝶对花朵的迷恋是刻骨的、身不由己的。

有一次，我还在路边的乱树林里看到了一树紫藤花，藤上满满地缀的都是花穗子。花蕾还没开放，紫郁郁的。紫色很高贵，但过浓的时候，有点神秘。

桐花也开放了。桐花也带点紫色的影子，但没有藤花浓。我国古代传说：凤栖梧。这个传说实在很美。还有，李商隐的诗，"桐花万里丹山路"，我不知道这里所说的梧桐，是不是就是这种桐树。但对于美好的事物，我宁信其有，不信其无。

清少纳言的《枕草子》中也写到过桐树，她说梧桐"开着紫色的花，也是很有意思的，但是那叶子很大而宽，样子不很好看，但是这与其他别的树木是不能并论的"。从这些描写来看，我觉得和我们这儿的桐树很像。不过，我倒是很喜欢桐树的叶子，一大片一大片的，树影又张扬又有气势，满地的绿荫也铺张盛大。

四月多好啊！风是清风，绿是新绿。百花齐放，万物生长。一切都不曾变老。

我感到自己必须在每一年的四月里爱上一些什么，爱上一些很细小很细小的，甚至很卑微的东西，从第一天开始，也许再也不会结束。

蝴　　蝶

　　蝴蝶是一种昆虫。但当它们在空中翩翩飞舞时，人们常常忘记它们的昆虫身份——它们从幼虫、蛹到成虫的变化过程，反差实在太大了，一前一后，判若云泥，正是所谓的脱胎换骨。蝉的此种反差也很大，但蝉主要是以响亮的声音给人们留下印象。蝉的声音过于抽象、空洞，带有金属色彩。就算声音里有那么一点微不足道的内容，在蝉的那种直露无余的粗暴的表达方式中，也荡然无存了。

　　蝴蝶则不同。蝴蝶是一种朦胧婉约的意象。蝴蝶唯美的形象和姿态赋予人们很多想象。它们在花丛中飞来飞去，那么轻盈、飘逸、曼妙，几乎摆脱全部的物质性，从而把自身修辞化了，成为丰富的隐喻或象征。

　　蝶恋花，这一传统隐喻的指向是不言而喻的。

　　那些蝴蝶飞来了，又飞走了——它们到底飞哪儿去了呢？风轻云淡，无迹可寻。只有满枝的花朵，兀自绯红。

　　梁山伯与祝英台死后化为蝴蝶，而不是别的什么东西，这一传说的结局，实在耐人寻味。神秘而沉重的死亡被形象化地超越了，成为自由、幸福、快乐和无限的轻。生命在抵达完美的境界之后，又避免了被现实再次伤害。这是个迷离的传说，更是个美丽的梦。在这样的梦中，人是蝴蝶，抑或蝴蝶是人，都不重要了，重要的倒是这个梦本身。梦由

32

生命的背景变成了生命的主体。

在古代中国有板有眼的规范化生活中，大部分的爱情缺少浪漫因素。但在死亡中，浪漫因素很常见。没有宗教信仰中的天堂，对古代中国人来说，死有时不是生的戛然而止，反而常常成为生的延续，抑或是轮回中一次或短暂或漫长的过渡。

人类立足于广阔无垠的大地，执着于现世的生存，像风中的林木。但对自身的超越是人类永恒的情结。这种情结在纷繁的物象中渴望寻找一种表达。于是，美丽的蝴蝶便顺理成章地成为这种表达的理想载体。

尘　　埃

一个三十四岁的男人，慢慢离这个世界越来越远了。

但我却开始学会热爱自己身边的事物。我重新爱上了一朵天蓝色的野花、一茎暗绿色的草叶、一滴钻石般的鸟鸣、一颗孤悬的星子、一枚苦涩的果实、一段失败的爱情、一颗破碎的泪珠、一间空寂的房子、一星冰冷的灰烬、一滴疼痛的雨水……对于那些曾经触手可及的事物，我已经忽略得太久了。

现在，我还爱上一粒最卑微的尘埃，并把它当成了上帝。我把每一粒尘埃，都当成了自己的上帝。

在这片小小的土地上，我通过不断缩小自己来拥有某种开阔，通过更大的失败来使较小的失败变成一个温暖的慰藉，通过拥有更多的黑暗来使自己的夜晚变得明亮。那些我爱上的事物，我将继续热爱；那些还没爱上的事物，正在等待我去热爱。我不再从远处去爱了，我要从近处爱起。

有时我想，如果我生活在十八、十九世纪的英格兰、法兰西，那么，我的命运将会是什么样的呢？我觉得不会更好，但也不会更坏。我很可能会是一名清贫的牧师，过着一种平凡而单调的生活，在生长着茂盛的石楠和荒草的乡野散步，阅读经卷，祈祷，为教区工作，操心灵魂和上帝，夜深人静之时，与不时涌上心头的对于上帝的一丝丝怀疑作斗争。

　　如果生活在十七、十八世纪的明清呢？我更可能是一个乡村秀才了。我会有一群闹哄哄的儿女。我每日的生活内容不外乎课书、习字，因绝望于功名而吟诗作赋，迎合着族人的脸色却又内心孤傲，无能为力地担心着孩子们未来的命运，对面带饥色的妻子怀有负疚感，努力向陶渊明学习，在农事与诗词的间隙举步维艰地度过一生。除此之外，我就想不出我还会有什么更好的命运了。

　　而现在，我注定要在这片空旷的平原上行走：如果遇到村庄，我就在村庄里行走；如果遇到树林，我就在树林里行走；如果我什么都没有遇到，那么，我就在一粒尘埃里行走——我在一粒尘埃里飞翔。有时我会像个心碎的使徒，坐在一段废弃的河岸上哭泣。我是强大的，但我无法高于自己的生活。平原用她的血肉养育了我，我却无力回报。

　　我是她的一群不肖子孙中，最耻辱的那一个。

斜　　坡

一个理想主义或完美主义的跛子，一不小心，就会顺着长满幽幽青苔的斜坡，滑向虚无主义的谷底。

也许每一个这样的跛子，最终都会滑向那个深深的谷底。

因为他们身上的斜坡，总会变得越来越陡峭，直到变得垂直。到最后，有些跛子甚至会赤条条地变成石头，其结果，他们的命运当然是石头落在石头上。

至少，在我身上是确实存在着这种斜坡的，这也让我隐隐渴望能听到那种于无限寂静中遥遥传来的生命的回声。

一个春天的斜坡，到处都是嫩芽、绿叶和花朵，到处是青草、树木、小竹林、苦艾、黄花菜、野薄荷、野芍药。如果在早晨，每走一步都能碰到露水——更早一些时候，会碰到星群。

侧柏的绿冠托着一滴昨天的雨水，直到消失，那滴雨也没有落到地上。远处村庄的线条、树木的线条，虚虚的，天底下尽是渺茫的影子。有时，在某些月明星稀之夜，万籁俱寂，我总是做梦，梦到自己一次次跌倒、爬起。我日益清晰地感受到这种跌落的疼痛。

一个相当挑剔的人，心里充满了一种接近和发现未知世界时的激动喜悦，曾经只爱阳光、花朵、春天和果实，只爱那些明亮和温暖的事物，但现在，他还爱上了清风、落花、流水声、月光和竹林。他尾随着一行斜斜的竹子，一闪身自己倒先空了一截儿，再一闪身，就变成了笛子，也许是箫。有时很响亮，有时却是沉默的。他在睡梦中紧紧搂抱的那个冰肌玉骨的女人，在早晨就变成一条抽象的滚烫的河流，被他压得发皱。

在这个世界上，他曾经爱得很多，但慢慢就会爱得越来越少了。到最后，他的热爱被制止。也许，他只爱自己的衰老、青烟和灰烬。

水暖了，在一个长满青草和重重叠叠幻影的池塘里，青蛙呱呱叫着，像个小青釉坛子，仿佛想把自己全部倾倒出来。当然，等我把自己彻底掏空时，清风就会倒灌进来。所以，我现在还在虚化，并且进一步虚化，进一步接近内心。直到麦子不再是麦子，而是一个个直立行走、奔跑的绿色灯盏，最高枝头上的那朵桃花，也变成了一位身体里充满露水、火焰和歌声的红衣少女。而低头一看，不知何时，自己也变成了自己最美丽的、漫无边际的风景。

光　芒

　　一条大河从身边舒缓地流过，平稳中充满力量，带着一种内在的凝重的节奏感，和生命的律动相互应和着。河流在远处转个弯儿，走远了，亮闪闪的，像个绝望的浪子，在光阴和岁月深处，再也没有回头——它永远也不回来了。

　　在最后一刻，我多想拉住它，问一问：从河流到大海，究竟有多远？

　　当然，同样的问题还有很多——从一粒孤独的种子，到条条向着天空伸展的枝条，有多远呢？从一朵怀春的花朵，到满枝沉甸甸的果实，又有多远呢？

　　只要活着，其实还应该再问一问——从一只迷途的鸟儿，到一个黄昏的空巢，究竟有多远呢？从一个贫瘠的心灵，到一片永恒的风景，究竟有多远呢？从生命开始时的第一声啼哭，到一次次沉默的火红的日落，究竟有多远呢？……

　　在天空和尘土混杂的尘世，柔弱是一种美，贫穷是另一种美，这里面有着纯洁的神性。而从一次坚定的牺牲，到整个纯洁的神性，又有多远呢？

　　一个没有疑问的人是幸福的，但我要说，一个怀揣落日和疑问的人不仅仅是幸福的，他所拥有的还将更多，甚至比别人整整多出一个繁星点点的夜晚、一个更为丰富的世界。

花静静地红了，果静静地香了。树叶那么多、那么绿，又那么清凉。风吹过来，树叶动了动，又静下来。树叶虽然动了动，它们静下来时，却给人一种更加镇定的感觉。

桐花半天一朵、半天一朵地落下来。一朵花，重重地、笔直地——落下来，仿佛有一种比自身更重的重量附在上面，然而，它又是那么沉着和坦然。一朵花，它累了……却无法在下落的过程中让自己变成坚硬的金属——花朵虽然凋谢了，但仍然属于树木最柔软、最容易受到伤害的部分。也许落下，是它最后一次受伤。它落在地上时，发出这样一种声音："啪!"简短而突兀，像一滴冰冷的雨水落在心头。可以说，在这片土地上，没有任何一种花像桐花这般跌落得如此响亮——这片土地就像一个慈悲的神灵，它接纳一朵花的美丽，也接纳一朵花的凋谢。它也接纳我悲欣交集的生活。它不仅宽容我在生活中的失控和极端，而且还无言地注视着我在生活中的无奈。它接纳我的生，还将接纳我的死。

鸟儿飞过来，飞过去。在充满阳光的枝头，一只鸟儿和另一只鸟儿轻轻碰了碰翅膀。云在天上，鱼在水里，风在风中。万物各得其所。在命运中走投无路的，只有人。

而生命多么美好啊——生命无处不在，又无法让人具体真切地拥有。生命是一个清澈明丽的幻觉、一个低回含泪的微笑，是这满天满地明亮而温暖的光芒。

这光芒静静地、深深地投射到所有的事物之中去。

香 椿 树

　　香椿树天生就有那么一种受苦的命。每年春天，新芽刚长出来，就要被掰去食用。绛红（也有乌油油的，也就是黑油椿）的叶芽刚长满枝丫，就被掰净了。清明之后、谷雨之前的叶芽最好。谷雨后，叶芽就要有失醇厚纯正了。因此，香椿树年年第一茬叶芽都不属于它自己。谷雨后再长出的叶子，才是它自己的。西沙河河滩有一段，绵延一公里左右，土质最适合香椿树生长。别的地方也长香椿树，但叶芽都没有这儿的好吃。这个地方香椿树上的叶芽风味独特，其他地方香椿树上的叶芽食之却味同嚼蜡，所含营养当然也不能和前者相提并论。一方水土养一方人，一方水土同样也养一方树木。所以，在这段河滩上，也就长满了香椿树。

　　这些香椿树，年年受伤，受伤后又长得更加茁壮，仿佛在它们身上什么都不曾发生似的。就这样周而复始，直到有一天，它们老了，长不出更多叶芽，被砍伐掉，另作他用。树身上的疤痕变了，或者消失了，或者结痂了。但树的疼痛没有变，那种最初的疼痛和震颤一直在树的生命里静静地沉着，石头一般。树什么都记着呢，它只是一声不吭。

　　树上的叶子一茬茬变了，但树叶的模样没有变。去年的叶子落了，今年的叶子又长出来。它们在风中翻动的姿态也和以前一样，还是那么无助、轻盈。

秋天，叶子落在地上，叶子里有很多风声和关于风声的记忆。最后，叶子融入泥土，泥土里就有了很多寂静的声响。

树上飞来飞去的鸟儿变了，但树上鸟儿的鸣叫声没有变。有的声音婉转悠扬，如果有形状，那就像用红丝绸绾出的一个个精巧的蝴蝶结。还有的很短促，半天鸣叫一下，没有任何承续，就那么孤零零地在天空中悬挂片刻，然后消失于一种宽宏无尽的沉寂。

当然，那些掰椿芽的人也会发生变化。有时一个人走了，不知为什么，再也不来了。然后，又一年春天，另一个人来了。掰椿芽前，他们都曾眯着眼睛向树上望一会儿。当他们看树时，他们眼睛深处的某些东西没有变，也许那些东西很暗，但暗中又透着一星点儿倔强火热的光亮。

当然，刚才我说过了，这些香椿树也会发生变化。一棵树被砍伐掉，地上空一大片，天空也空一大片。但土地没有变。很快，另一棵树被补栽上去。新栽上的树很快又长大了，长出更多的叶芽，又年年春天被掰去食用，然后重新长出属于自己的叶子。

叶子在天空中铺展。深夜，一颗颗露水，仿佛穷苦人眼中的一滴滴泪水，从天空落到树冠上，在树木最深的地方，这些露水找到树的心脏。在那儿，一种木质的宁静和温暖使这些露水变成了星星。

那天清晨，在一个叫柿花庙的村庄西头，我看到一个老人，胳膊上挎着一个小小的竹篮子，里面装着几把鲜灵灵的椿芽。她顺着田垄缓缓往村子走去。她的身影那么单薄、那么枯槁。她身上已没有丝毫生命的生机了。她活着，但无力惊动身边任何事物。她已经不能置身于人类的生活之中了，只能偶尔用自己苍老枯瘦的指尖轻轻碰一碰它——而她曾是谁的穿着水红绫子小袄、绣花鞋，走起路来轻手轻脚的新娘呢？从她的对面，走来一个推着自行车的中年妇女，那个妇女头发花白，乱蓬蓬的。两个人走碰面时都站住了。

老人关切地问那妇女："你的椿芽卖了吗？"

"卖了。"

"卖了好，可以换几斤肉吃了。"停了停，老人又说，"昨天呀，我见一个人从我屋外过去，我问了别人才知是你。我的眼坏了，看不清了。"

听了老人的话，我顿时感到一种说不清的深深的悲悯。她是那么衰老，很快就会变成黄土了。她在自己的衰老中显得那么无奈，而这种无奈，在她清寒的生命最后，又变得如此平静。在岁月和贫穷之中，人连悲哀的权利也被生活剥夺得一干二净了。作为一个除了文字两手空空的人，我知道，在我一生中，我的无论怎样强烈的爱和恨，其力量和范围都是极其有限的，都不过类似于香椿树林中一声圆润或沙哑的鸟鸣。

樱　桃

作为一种源远流长的果木，樱桃在我国已有两三千年的栽培历史了。一九六五年，从战国时期的古墓中发掘出樱桃种子，据鉴定认为是中国樱桃。也就是说，有一种叫樱桃花的花朵，已经在中国的两三千个多姿多彩的春天开放过了；有一种叫樱桃的果实，已经在中国的两三千个绿树成荫的暮春或初夏成熟过了：在我们悠久的历史生活中，我们曾经拥有过这么多古老的春天、这么多灿烂的花朵和果实。

这种果木主要分布在黄河流域以南各省，其中安徽省栽种最多。在安徽省，太和县栽种最多。在太和县，沿西沙河两岸栽种最多。在西沙河两岸，有个叫李营的小村庄栽种最多。换一句话说，人们在说到安徽的樱桃时，往往指的是太和的；说到太和的樱桃时，往往指的是李营的。

李营分为两个部分，一条又宽又高的河坝蜿蜒而过，坝西一部分，坝东一部分。村中通共有一百多户人家，一座座房屋稀稀疏疏、零零星星地散布在一片片茂盛的樱桃树丛中。村子与其说是村子，不如说是一个大大的樱桃园。

坝西那部分村子紧临西沙河，位于行洪区内，人烟稀少，住户非常分散。年轻人都外出打工去了，只剩下一些老人留守在村子里，整个村子常年静悄悄的，显得年深岁久。这一部分村子比较荒芜。樱桃树，鸟儿，杂草，寂静的浓荫，空空的房屋。荒芜是一种美学。村里除了长着很多樱桃树，还有许多花楸树。花楸树是一种极好的寿材，木质极硬，耐腐力强。在这儿，最好的寿材是柏，其次就是楸，再次是桑。寂然活完自己平凡至极的一生，人们仍然祈求卑微的生命能在永恒的死亡中得以延续。

西汉《礼记·月令》有"羞以含桃，先荐寝庙"的记载，郑玄注，含桃，即樱桃。莺所含食，所以叫作含桃。这说明，这种小小的果实，在一个曾经离自然那么近或者说曾被自然所包裹——自然，一个多么伟大温暖的褓袱——的时代，曾被虔诚地当作封建王朝的神圣祭品。它滋养了人们质朴悠久的生活，滋养了鸟儿曼妙空灵的飞翔和歌唱，也滋养了那些一代代逝去的沉默的魂灵。

翻阅明代《太和县志》，还可以看到这样一段记载："沿沙河西岸两里许最佳。以饧渍之，制成名桃脯。往时有桃脯贡，与阜阳六年轮贡一次，后裁。贩行省，称上品。"这个记载足以说明，此处出产的樱桃的果质是如何优异了。

樱桃年年出现，它离我的生活是如此之近——不，应该说它就在我的生活之中，因此，我必须写写它。这是一种义务，也是一种职责；是一种命运，也是一种幸福。有些东西可以寻找，唯独生活是不需要寻找的。有很多事情可以选择，唯独命运是无法选择的。我活着，就必须用自己微不足道的文字偿还大地对我的深厚情谊。

不仅仅樱桃，有时我觉得这儿的一草一木，都是一个个在这个尘世上一路辗转轮回着的灵魂，它们的一枝一叶，饱含生命的汁液，单纯而又神秘，在悠悠长风中，摸上去无比清凉。我知道，这是那些灵魂超凡脱俗的体温。因此，我对这儿的一草一木，充满了亲切、敬畏之情。

有一种花，比雪花更轻盈，这就是樱桃花。有一种果实，比花朵更鲜艳，这就是樱桃。在这片土地上，词语是神圣的，唯一可以用"美丽"一词来形容的女人，只有少女；唯一可以用"鲜艳"一词来形容的果实，只有樱桃。

五月初，樱桃就红了。红红的樱桃精巧玲珑，像上了釉，像瓷器，像美玉，透明，光润，冰肌玉骨，里面仿佛贮满了从远古的天空中遗传下来的一个个清晨的阳光和黄昏的晚霞。这些果实又像一个个火红的心脏。果实就是树木众多的心脏。

是的，一个心脏太少了，一个心脏不够用来热爱这么多悲欢离合的生活，不够用来热爱这太短暂的春天、这太短暂的一生。必须用无数个心脏来热爱。而这无数个心脏又必须都红通通的。

其实，还应该顺便说一说的是，与其他果实相比，樱桃的果柄很长。果柄吸取着树枝的营养，而树枝呢，树枝吸取着树干的营养，树干的营养来源于根，根深深地扎在泥土里。于是，所有的果实都尽量下垂，尽量向着土地的方向下垂——果实就是用这种方式来感恩的。

最后，让我再来引经据典一下，说一说樱桃在营养学和中医领域的功用：作为医用，其性甘、热，可用于发汗，调中，祛风，益脾气。樱桃中的铁含量居诸水果之首，这一点对我们的身体非常重要。其叶主治蛇咬，其根煮汁服用可下蛔虫，枝、花可用于美容。它还有另外一些隐秘的功用，比如，它还可以医治我们心灵上的雀斑、疤痕、虫眼以及那些大大小小来源不明的形而上的伤口。

能够拥有一片小小的土地用来扎根，对于草木来说，是一件多么幸福和幸运的事情。因此，它们在自己的世界里生活得茁壮、健康、美好而单纯。而与它们相比，我们人类却正在更多地丧失着我们自己内心的大地。在我们日益狭隘的心灵中，我们当然无法再去拥有那种静谧、深邃、明净，然而又生机勃勃的广阔与浩大。我们的内心深处已经丧失了古老文化的秩序与和谐，丧失了古老自然的高远境界和草木花果的芬芳气息，丧失了生命存在的镇定、祥和与安稳。

　　还有什么好说的呢？远离大地的人，注定要在自己贫瘠的生活中风尘仆仆、四处流亡。

凡　神

　　那株老桑树恰好分三个杈，一个向东，一个向西，一个向南。三个杈恰好把那个简陋的小庙罩得严严的。三个杈上都结满了桑葚，桑葚在成熟之前是碧绿的。小庙坐落在村子西北侧沙河的一个坡湾里。有个老人在坡湾里给蚕豆棵子断头儿——蚕豆开黑白分明的花朵，要把棵子的梢头掐去，才能结更多更饱满的豆荚。

　　我问老人，这个小庙里供的是什么神。她笑了笑，说："凡神。"

　　我一听也笑了。

　　大清晨，太阳刚刚露头，从幽暗壮阔的绿荫中滴下隔夜的雨水，一大滴，一大滴。我感到神是一种清虚的阴影，在风中行走，无声无息，无边无际。当它停住的时候，它便化成青枝上的一只白鹭。这白鹭静静地望一会儿水面，然后一展翅，悠悠地飞向河的对岸。

　　又有一滴隔夜的雨水落了下来，很亮的一大滴——一缕阳光在它滑落的那一瞬间，照亮了它的身体。在那一瞬间，它变成了神。

　　顺着一条歪歪扭扭的小径，穿过那片开花结荚的蚕豆地，我来到了那座庙的门口。庙门很低，门口有个蜘蛛网，一只很大的蜘蛛静静踞伏在网中心，像个充满玄思的神秘主义者。——蜘蛛在虚无中结网，在天空中修建道路，在自己的世界里以静制动。门口有一副对联，印刷品。右联：招财进宝；左联：恭喜发财。我探头看了看，庙堂正中的北墙上，竖了三个神位。三个长方形的白杨树木片，上面用浓墨分别写着：河神之神位、土地之神位、关帝之神位。神位下面用砖头堆着一个香炉，积年的冷灰厚厚地铺了一地。

像这样的小庙在这儿并不稀奇，在一些穷乡僻壤时常可见。如果深入想想，你便很难用"愚昧""迷信""唯心"等词语对这一现象简单地加以概括了。其实这里面蕴含着丰富的文化心理密码。从这里，我们可以看出东方传统文化意识形态中的多神崇拜、泛神意识、实用主义、小农意识。甚至从神位的排列顺序中，还可以看到那种建筑在实用主义意识上的强烈的等级观念——土地居中，河神居右，关帝居左。在农耕土壤、季风气候的自然生存条件下，民以食为天，土地对人们来说意味着生存的根本和保障，土地非常重要，当土地抽象化地上升到更高的意识中时，它便成了神。这种神在一种中国特有的实用主义中产生了独立性后，又变得格外生动形象。中国的神既高于生活，又融入生活。从某种意义上讲，西方是神造了人，中国是人造了神。关帝在中国传统文化的多神崇拜中占着很高的地位，尊严而显赫。而河神，两汉以后，在人们心目中的感情地位，则不是那么重要。但在这儿，在这些邻河而居、歌哭于斯的生民心目中，关帝的地位则要低于河神了。好在在中国的文化意识中，神灵多多，各安其位，各负其责，或融合为一，或谦恭礼让，或井水不犯河水，并不相互冲突。

而我们这片土地上的凡神，他们只是协助人们生活，并不是去主宰人们的生活。他们是一种引领和规范，而不是一种推动和强制。

如今，我们的生活越来越不需要神了。生活变得越来越明朗，一目了然、直截了当。也许在我们以自我为中心的同时，我们仍然需要在我们的生活中保存一点点敬畏感，甚至一点点神秘感，一点点清幽的绿荫吧。但有一点毫无疑问：我们应该继续敬重我们的大地，热爱我们的庄稼。

夏　　天

　　夏天是源头之后的高潮，是安谧后的繁响，是独唱后的合唱。夏天是浪漫主义的、非理性的、酒神式的。夏天是充溢、壮大、展开和给予——充溢到泛滥，壮大到危险，展开到赤裸，给予到挥霍。夏天有着最浩大的风、最丰沛的雨水、最亮烈的阳光。花朵叠涌，绿冠腾空，飞鸟走兽，各从其类。夏天不是一种漫不经心的过渡，而是一个辉煌的顶峰；不是一个缓慢的启动，而是一个最高速。它是一个张得最满的季节之弓，一个最强音，一个沸点，也是一个极限。夏天如果是一个王朝，那么它就是盛唐，一个广漠的、慷慨的、上升的、气度恢宏的朝代，充满煽动、裹挟与征服的力量。如果是一个母亲，那么它就是女娲，有着最原始、最旺盛的生殖力和强烈得近乎粗暴的爱欲。如果它是男性，那么它就是夸父，体现为一种刚性的执着和男儿的英雄气概。而夏天如果是一首磅礴的史诗，理所当然，它的作者应该是荷马。

晚　　风

　　晚风带着迷人的速度和清凉，舒缓、平和、宽厚，带着初夏田野质朴的体香，仿佛从《诗经》最甜美的深处吹来。仿佛晚风起源于一首古老的、近乎失传的民歌。晚风又仿佛来自心灵（人类或自身）的某个平展展的角落，带着深入人心的温度。因此，晚风与生命亲密无间地融为一体。晚风来自天空和大地，也来自一页干净的纸。晚风是神的一个温柔手势，是神的一句叮咛，是黑夜从天空经过时衣袍瑟瑟的拂动。

　　一个巢，一棵树，一片树林，一件忘记收回的衣服……某个人的生命的寂寞的温度，一座无人居住的破房子……那盏照亮黑暗的灯火，不知从什么时候永远熄灭了……一个动物昏暗的洞穴，一个宁静的小村庄，一口干涸的池塘，一座荒凉的城市，一个人的空洞的世界……都盛满了晚风。现在，整个世界就像一个陶罐。

　　我也像一个古拙的陶罐，小小的、空空的，我的生命里有隔年的风声，隔世的风声，一辈子的风声。风声空空的，你听不清什么，但风里一定蕴含着好多东西。就像一个人在世上活过了，就一定会在世上留下点什么，留下一点点生命的气息和记忆。

　　当我老了，我一定会俯在我生命的罐口，仔细听一听，听听我这一辈子的风声，听听我这一辈子。

站在这生生不息的晚风中，我感觉田园依然温柔而潜在地拥抱着城市，并把城市轻轻托起。后来，晚风也把我轻轻托起。或者说，我成了晚风的一部分。

石 榴 花

　　有这么一种树，它吞下一些石头，然后再把这些石头变成花朵和果实。这种树就叫石榴。美不仅产生于孤独，有时也产生于绝望。现在，我想说的是，一棵树，它需要吞下多少块石头，才能开出这满树红彤彤的花朵呢？

　　花朵呈钟形，盛满明亮的阳光。一朵花和一朵花离得很近，这种关系很美。一朵花紧挨着一朵花，这种关系就更美了。风一吹，它们动一动，仿佛这一朵花里的阳光，想倒入那一朵花里一些。

　　这些石榴花，我猜想，也许它们来到这个世界上，就是为了开放，不然，它们怎么能开得这么绚烂呢？但也许我猜错了，其实开放只是它们存在的一个过程。它们来到这个世界上，是为了迎接它们的凋谢。因为必须凋谢，所以，它们才在凋谢之前，把生命的美丽淋漓尽致地展现出来——它们把那种命定的悲怆，变成现世的乐感。

　　一天傍晚，我从田野散步回来，看到一只鸟儿，在暮色中的石榴树枝头上清脆地鸣叫。鸟儿站在最高的那根枝上，所以那些茂盛的枝叶没把它微小的身影掩盖住。树上还有很多风声。到处是青郁郁的绿荫和幽静的暮色。花朵都看不清了。那只鸟儿的鸣叫声显得很欢乐，在鸣叫的同时，它的翅膀还不停扇动，有歌之不足则舞的意思。

　　我看着它，就非常感动。那一刻，我心里充满了喜悦和热爱。我突然明白，生活的存在其实就是让我们用来热爱，而不是用来怨恨的；是让我们用来接受，而不是用来拒绝的。即使没有理由让我们这样做，我们也应该创造一个理由——创造无数个理由。因为生命是短暂的，而生活是永恒的。从这个意义上说，爱是一种艰难的事情。

　　活着，必须去爱，必须紧紧抱住一块石头。这样，我们才不会从大地上浮起，被风刮走。

一条没有名字的河

　　河风浩荡。我从椿樱渡口乘小渡轮过西沙河，然后再往西去。越过西岸的堤坝，又有一条东西走向的河。这是一条小河。我不知道它的名字，也许它压根就没有名字，人家说到它时就叫它"那（这）条河"。经典的《水经注》里当然找不到它的位置。在我卑微的文字中，它仍然没有自己的名字。它就像某位过去时代（清朝、明朝、元朝、宋朝、唐朝……一条逆流而上的河流，以至远到时光发黄、混沌初开）的村妪，小时候人们喊她"妮子"，长大后人们喊她"喂"，结婚后人们喊她"××的老婆"，有了孩子后人们喊她"××的娘"。一个没有名字的生命，死了就永远消失了，仿佛从来不曾来到这个世上。

　　但河流比人活得长久。一条河一直流向我们所不能体验到的未来。一条河就算死了，它的岸还在。一条河消失了就消失了，但你没法把它埋葬在大地中。你无法把一条河与另一条河重叠。天下的水都是相通的，但你就是无法把一条河与另一条河不加区别地掺杂在一起。你无法去完全复制一条河，一条最没有特点的河也是独一无二的。你无法像缠绕一条绳子般地把这条河打成一个死结。一条河不是一团乱麻。你扯不断它。你也不能像拉一根橡皮筋一样把它拉细、拉长。你无法把一条河盛在水缸里带走。你不能随随便便就把它丢在哪个地方。当然，你可以割断自己的血管，但你不能随手把一条河掐断。河的南边有个村庄，河的北边也有一个村庄。我也不知道村庄的名字。但在这儿，所有的村庄，对我来说，都仿佛曾经在那里面生活过。所有的村庄都像一个村庄。所有的村庄都是我的村庄。所有的村庄都是我灵魂的居所。

我沿着这条河向西，一直向西。这是一条幽居在大地深处的河。它深深地陷在这片土地中。现在，你已经无法把它拉出它的堤岸了。即使是一道伤口，它也不愿意痊愈了。它宁愿永远保留着自己的疼痛。河岸上芳草萋萋。大片大片叫不出名字的野花，白的、蓝的、红的、紫的。岸上杂树丛生。大片大片的树荫从天空中落下来。槐花开了，一串一串，满树直白的花。槐花比较朴素，浮腾的浓香，很热烈，很生活化，有一种世俗性的美。槐花没梨花有诗性。比之音乐，槐花是唢呐喧哗，梨花则是"谁家玉笛暗飞声"了。梨花是不食人间烟火的花，没有月亮的夜晚，梨花也是"月光如水"。岸上还有一棵花楸树，很高，很大。开花了，很秀丽的花形，有点淡紫色。花叶深处有个喜鹊窝。

这个地方我以前没有来过。"呼吸与以往不同了……"（卡夫卡）再往前去有一座小桥。当我走到这座小桥时，我一下子就想到我外祖母家乡的那座小桥。下雨天，雨打在水面上，打在水中的浮萍上，一个个迅速出现又破灭的水泡，一声声清脆繁密的喧响，仿佛整个世界都动荡不安着。河一点点膨胀了。打着伞，站在桥头，一动不动，望着灰蒙蒙的天空。雨天的日子仿佛永远不会结束，但第二天，太阳就出来了，黄昏，夕阳火红一片，河也红得透明，水中仿佛另有一个清澈而神奇的人世。站在桥头，成群成群的归鸟哑哑飞过，你会觉得日子永远也不会结束。但很多人很快就变老了，然后从这个世上消失了。你也感到自己的生命在哗哗流逝着，有着"青山遮不住，毕竟东流去"的不可挽回。我的外祖母从桥这头走到桥那头，从桥那头走到桥这头。然后，她也老了——我原以为我的外祖母永远也不会老的。

我的外祖母老了，但我外祖母生命中的河一直在我生命深处流着。

55

我们每个人的生命深处都有其他人的生命存在。生命是一条河。

我继续向西走。田野越来越开阔，就像一把展开的折扇。一望无际的麦田中，麦子正在抽穗，微风吹拂，绿浪颤动，清香一阵阵刮到人们的心中。到处都是绿的。田野是绿的，草地是绿的，树木是绿的，河水是绿的，空气是绿的，下午的阳光也是绿的。一切都这么绿。透明而又无比清凉的绿。连时间似乎也是绿的。在这种无限度的绿中，"我搜集每一朵花的灵魂去写它，用每一只鸟唱的每一个流逝的旋律织出永恒和静止"（佩索阿）。此刻，在这条河的岸上，热爱天空和大地，我觉得是我的一种义务。

是的，热爱天空和大地，直到生命升华成一种开阔。直到生命开阔得没有成功，也没有失败。直到生命中没有高贵，也没有低贱；没有永生，也没有毁灭。

我只有在这条河结束的地方才能停下自己的脚步。

野　溪

二〇〇七年五月六日，在大新和肖口两个乡镇交界处的田野里，我看到一条小溪。溪两边是大片的麦田，一直涌向远处的村庄。麦子刚开始黄，进入灌浆期。正午的阳光白茫茫的，空中布满无数个闪烁的光点。天地间充满一种钢铁般又硬又亮的寂静。连一只鸟儿的鸣叫声也没有。世界显得开阔、深远而神秘。

那条小溪南北走向，长三百多米，散发着一种朴茂浓厚的乡野之气。溪边长满青草：打着浅绿色花蕾的猫儿眼、耸着茫茫花穗子的茅茅草、开着喇叭状的粉白色花朵的葐苗、开着毛绒球般的粉紫色花朵的蓟蓟芽……

但让人感到意外的是，这条小溪里长着很多浮萍。浮萍圆圆的叶子平贴在水面上，碧青中隐隐泛着淡紫。光是这些叶片就够美的了，尤其让人赞叹的是，这些浮萍全开着金黄色的小花朵，这些小花朵亮晶晶的，繁星般静静地映着水面，一虚一实，如梦似幻。几只红蜻蜓和白蝴蝶在水面轻轻飞舞。这景象一下子唤醒了我全部的童年生活经验。我想起儿时常唱的一首儿歌：

"天上啥？"

"天上星。"

"地上啥?"

"地上灯。"

"水上啥?"

"水上萍。"

……

儿歌是两个孩童唱的,一问一答,极富活泼生动之趣味。清凉的夏夜,树影幢幢,月光如水,虫鸣如织。生活清贫,寂寞如酒,人生很漫长,但生命很快就在歌声中长大了,在生活的溪水上漂浮如萍,然后老去、消失……

乡村日渐丧失它那种朴素原生的美丽和那种散发着泥土气息的憨拙风情——一只鸟儿将无枝可依,一个诗人将无处可去。

最后,值得一提的是,有五只燕子掠过溪水落在溪岸上。它们在草地上蹦了蹦,然后有四只向附近飞去,剩下那只仍然在那儿逗留。它离我只有三米远的距离。这使我能够清楚地观察它。燕子是一种长相耐看、行动迅捷的鸟儿。它的羽毛极富浓淡变化之美:它头颈处的那圈羽毛隐隐带点绛红色,像个别致的装饰品;翅膀上的羽毛乌紫而发亮;长长的尾巴漆黑灰暗,而尾巴梢则有白色的斑点;整个腹部有大面积的白色。

它在那儿停两三分钟,忽闪一下就飞走了。

槐

有的树，仿佛从来就没有年轻过，刚出生就老了。在这里，我单单指槐。

槐长得慢，长得拧巴。生长对于它来说，很苦。长着长着，皮就粗了，糙了，裂出长长的口子。它管不住自己。它身体里积攒着太多的绿荫。长着长着，很多枝条就从身体里钻出来，于是，有些人就用那种实用主义的锯子把这些枝条锯掉。树长得越高、越粗，身上留下的伤疤就越多。生存真是一件很苦的差事——树的一生其实就是大地派种子到天空走一趟，或者是大地派埋在土里的根到另外一个地方出一趟远门。

太苦了，就开花。开很多很多的花，把一件很苦的差事变成一种大大的繁华。

槐树很小就会开花，才手指头粗，就在枝条上挂出几串花来。粗大的槐树开的花真多，满树都是。花香浓得冲鼻子，在天空整日弥漫。槐花是很好的营养食品，用开水焯一下，搦干，拌上面，可以蒸吃，可以炒吃，也可以油炸。用水焯后晒干，又是极好的干菜。每年四月末，槐花盛开。那些采摘花朵的人，把枝条都折断了。

槐在屋后长，开始是一个小树棵子，在屋檐下不声不响地活着，绿绿的。一年一年，屋子旧了，树也长高了。槐荫罩住屋子。槐荫很大，屋子很小。屋子在多枝多节的槐树下，就像一个人手中提着的一个小小

59

的鸟笼子——一个很高很大的人，走着走着，不走了，眯起眼，看天空，鸟笼子静静地提在手中。

槐树还在长，越来越高，越来越大，树枝在天空中支棱着，树上飞来很多鸟儿，有麻雀、花喜鹊、灰喜鹊、黄鹂、黑老斑、斑鸠。盛夏满树密密的蝉鸣。有些鸟儿飞过来，又飞走了。有些鸟儿在树上筑巢。筑巢的鸟儿打算在这儿长久地留下来。

一般来说，在槐树上筑巢的是灰喜鹊。这是一种青灰色的鸟儿，背上还有一点瓦蓝，尾巴很长，有着天空和黄昏的颜色。儿子小的时候，娘抱着儿子，站在槐树下，望着树梢上的鸟儿，轻声哼唱，教儿子这样一支代代流传下来的儿歌：

> 灰喜鹊，尾巴长，
> 娶了媳妇忘了娘，
> 把娘送到高山上。
> 吃羊肉，喝羊汤，
> 媳妇媳妇你先尝。

歌儿很好听，娘的声音更好听。儿子笑了，娘也笑了，娘的眼睛潮潮的。

人生的路是这么长呀，娘走着走着就老了，儿子走着走着就大了。这世间两粒最亲近的尘土，谁也没有忘记谁，但无情的岁月和复杂的生活造成了母与子的疏远。树更高大了，枝叶更加茂盛。树上的巢空了，消失了。那些好看的灰喜鹊看不见了，飞走了。它们如今飞到哪儿了呢？

槐花开，槐花白，夏天浓荫深静如水，秋天黄叶飘落，屋顶、地上落得满满的。

娘老了，在生活中越走越慢，儿子却越走越快、越走越远了。谁知道儿子最后会走到哪里呢？

也许儿子会在远处的树林子里碰到那最初的灰喜鹊和那最初的鸟巢。但现在，儿子在荒凉的岁月中回不去了，不能拉住娘枯瘦的手，带着娘一块儿走。

儿子忍着眼泪大声呼喊："娘，你快点！"

风声很大，呼喊声顺着风声传过来。娘听见了，但娘没有办法。娘倚着那棵苍老的槐树，歇息着自己瘦弱的身子。

娘终究要停下来，儿子终究也要停下来。娘是尘土，仍要归于尘土。儿子也是尘土，也要归于尘土。

槐树年年生枝长叶，开出如雪的花朵，在皖西北，在这片偏远的平原，在我的家乡。

暮晚的气息

　　暮晚，蒸腾一天的热气消散了，凉气沉下来。小村庄白天就很静、很空，暮晚就更静、更空了。阳光的气息被绿荫吸收，各种树木花果的气息散发出来。

　　楝树正在开花，开始花串紫郁郁的，一树一树沉沉的紫影子；慢慢紫色淡了，紫意中透出淡白；再过一段时间，风一吹，小花瓣就纷纷洒落一地。楝花的味道有点甜，很浓郁，但和桐花的味道比起来，又没有它张扬。楝花的味道倒透出几分药香，那种气味定定地直往下沉。槐花早已凋谢了，槐花也有点甜，但槐花的甜与楝花的甜又不太一样：槐花的气味平易近人，甚至有点腻、浮、松散；楝花的气味则显得清、冷、孤迥。

　　桑葚已经熟了，桑葚刚长成形的时候碧青冷硬，慢慢变得乳白，慢慢变得淡红，慢慢变得绛红或乌紫，水灵灵的，落在地上，摔得汁液四溅，一摊一摊，有点脏。桑葚的味道很甜，这种甜味很正。桑葚的气味在白天的大太阳中很浓，但在暮晚，气味就淡多了。小时候，我家旁边的小河岸上有棵桑树，很大，桑葚是白的。结白桑葚的桑树很少，我们村就那一棵，后来被伐去了，那种桑树就绝种了。

　　杨树的影子很大，树梢钻到天上，一直钻到那静悄悄的深处。杨树的气息很清，仿佛杨树刚从水里走出来。

槐树的气息更清，淡极，薄极，又有点温温的。

春天，榆树的叶芽刚长出来时，冷绿透明。夏天，叶子就变深绿了，比其他树木的叶子绿得深沉一些，又静又暗。在暮晚，我老远就能把它从其他树木中分辨出来。它的气息似乎也很肃静。

相比之下，桃树和梨树的气息就浓一些。梨子的成熟期在秋天，秋梨的果香如梦似幻，但现在还闻不到。梨子有公梨和母梨之分，母梨比公梨甜，成熟时从果子尾部可以看出来。桃子现在有的已经开始红了。这种桃子叫五月鲜，五月初就成熟，是早桃。成熟时桃嘴部分红得很艳，桃身部分则淡红中透着淡白。这种桃子的果香闻起来很具体，甜就是甜。

麦子黄的时候，杏树上的杏果也跟着熟了，这种杏熟得比较早，叫麦黄杏。杏的味道在暮晚也能闻到，但无法形容，站在离杏树很近的地方也无法形容。这种杏果的香味不是初恋，是初恋的回忆。

青草的气息和蔬菜的气息又不一样。青草的气息中混杂着草根的腐败的气息和潮湿的泥土的气息，虽然浓郁，但总感到比较遥远，仿佛来自另外一个无法走入的世界。

蚕豆的气息比较朴野，是显而易见的那类。山药、凉姜的气息乌沉沉的，非常逼真。

淡蓝淡白的雾气和炊烟浮在树腰、树梢，树荫浓的地方烟雾就囤积成浓浓一大团，树荫淡的地方烟雾就如丝如缕、若有若无。雾气的气息中有泥土的味道，炊烟的气息干、涩、轻、燥。

有些人家，在柿子树下或石榴树下四四方方的小木桌上吃晚饭。柿树刚结出绿豆大小的柿子。榴花似火。有时，谎花会落到桌子上，人的身上、头上。简简单单一顿晚饭，可以看出生活质朴、平实、祥和与贞静的一面。

暮晚的天空幽蓝幽蓝的，幽蓝中有深暗的光亮，似乎也有一种野薄荷沁凉的气息、梦的气息。

有一种鸟儿，在暮晚时分的密叶间鸣叫，声音婉转清脆，东一声，西一声，半天一串，半天一串，鸣声类似于黄鹂和山呼。我不知道这种鸟儿叫什么。还有其他的鸟儿也在叫，但没有清早时分嘹亮繁多。斑鸠也叫上一阵子。

黑夜来临时，一切都静下来，只有嘈嘈切切、繁密如雨的虫鸣和宁静稀疏的灯火。

敞　　开

李营西那片河滩，是我常去的地方。那儿有个很大的杂树林子。林中长着黄花菜、蚕豆、野草，稀疏的空地上还有几块麦田。当然还有很多果树，樱桃、桃、柿子、石榴、李子。除此之外，还有两小片矮竹林，一小片靠河，一小片靠村庄。临河的地方，有一座孤零零的土房子，房顶有个小烟囱。房子周围是满满的火红火红的虞美人。每次经过那儿，我都忍不住停一停。这种景象让人感叹，贫穷与卑微之中也同样可以拥有一种美好而奢侈的诗意。

初夏的午后，阳光与地面形成一个巨大的锐角。光线从河对岸、从树林的边缘斜射进密集的树林子，但无法射得更深，林子中心仍保持着自身不受打扰的昏暗。光与影、明与暗在此形成一种强烈的对比。从林子中心向外看，外面是一个明晃晃的光芒的世界；从林子外面向里看，林子里是一个昏沉沉的影子的世界。

我常常待在林子外面。阳光静静地照在树叶上。风轻轻吹着，同一棵树上，树叶有的在动，有的却静悄悄的。鸟儿因受到某种喜悦的力量的推动而歌唱，或零零碎碎，或悠扬婉转。

有些草在盛夏到来之前，就已经长出籽粒。它们就是以这种强大的繁衍能力，来保证它们在这个自然界的生存位置的。这些野草中，还包括一些退化的麦子。这些在收获时节被遗弃在路边的麦子，第二年又从土里长出来，繁衍出更多的麦子，从此，年年在农业之外自生自灭。慢慢地，它们退去那些人类通过科技文明手段强加在它们基因中的作为庄稼的特性，变成了赝麦。它们的种子变小，那种沉甸甸的东西消失了。后来，它们一退再退，一直退到原初，彻底变成了野草。

在这儿，只有宁静，那种众多草木营造的宁静。仿佛宁静也如草木一样顽强地生长着，越长越茂盛、葱郁、繁密，苍苍莽莽，铺天盖地。这儿只有四季的轮转，只有昼与夜的交替。时间不再是时间，不再是那种川流不息的流逝性的东西，而是一种停滞不前的物质。或者说，时间在长久的停顿中变得十分古老。

在这儿，有时恍然间我仿佛置身于某种遥远的过去。这儿只有天地的静静运行。人无声无息地劳作着、生存着，然后死亡。这儿的农人，尤其是年老的农人，在长年累月的劳作中，往往养成一种自言自语的习惯。

一些白蝴蝶在灿烂的阳光中飞舞，轻飘飘的，仿佛失去一切物理性的重量。它们简直不是在空间中飞舞，而是在停滞的时间深处飘浮。而它们的飞舞，如此虚飘、轻盈，严格说来，不应该称之为飞舞，而应该说是某种轻拂——梦的轻拂、花香的轻拂、丝绸的轻拂。

这些小小的风景——水波、水波上的光芒、树木、鸟儿、打鱼船、一次又一次壮观的落日红酣，还有这些大大小小时疾时徐的风声，以及这些古老的寂静、青草、村庄、泥土和天空，它们始终如一地向着我敞开，既单调又丰富，既浅显又深邃，既寂寞又安然，既空虚又充实。

我走进这些事物，像流水进入叶脉，越走越远。时间长了，我无法回来了。我变成它们不可分割的一部分。这些事物在我的生命中，由不可知变得模模糊糊，然后变得清晰、具体。它们变成我强烈的自我意识和流动的血液。

时间长了，我的生命或隐或显地具备了这些事物的特点：单纯、朴素、宁静、平凡、美丽，充满细致入微的秩序。最终，这些事物将形成我的命运——极端、尖锐与对峙在我身上慢慢消失，我的生活将会慢慢显出一种大地般的隐忍与宽和，显出那种古老的东方式的逆来顺受、顺其自然的性格。这种性格也许来自遥远的农耕生活，与大地有关。

四时行焉，万物作焉，周行不殆。大地从来不去想着拥有，它只是奉献。所以，大地也就没有失去的恐惧。唯其不去拥有，故而才能富有。

布　　谷

　　在西关纸厂南边那片树林上空，我听到了布谷的鸣叫声。

　　先后有三只布谷从那儿飞过。第一只飞在西沙河上空，由南至北，边飞边叫，飞得比较高，只能看到一个鸣叫的黑点。而它的声音倒很清晰，仿佛具有某种可以感知的重量，从天空深处垂直落下。第二只就在我头顶，也是从南向北飞来，可以看到它灰色的形体，和它翅膀的急速抖动。最后那一只飞得很低，但距离较远，是在西沙河的对岸。它从西南方向飞来。飞到对岸那片树林上空时，它平衡住翅膀（这时我感到它的形体很大），停止鸣叫。它若有所思地停留片刻，然后倾斜着飞快地射向那片树林。在离树梢大约两丈远的地方，它放慢了飞行速度。隔河而望，我可以看到它比斑鸠略小一点的形体，但仍看不清它的羽毛的颜色。这时，用"射"来形容它飞向树林的速度与姿态已经不太准确了；而如果用"飘"来形容呢，则又显得太慢、太轻了；用"落"来形容，我觉得倒恰如其分。我呆呆地看着这只布谷慢慢落在一片绿荫之中。

　　布谷似乎较为警惕，相对于麻雀、画眉、鸽子、斑鸠、喜鹊、黄鹂等而言，这种鸟儿总与人类保持着一种相当远的距离。芒种前后，我经常听到它洪亮的鸣声，却从来没有机会近距离细致观察它。它只是把动听的声音送给我们，自身却停留在更远的地方。

　　小时候，这种鸟儿给我留下非常神秘的印象。后来，通过古典诗词歌赋，我还知道了它的另外几个名字：杜鹃、杜宇、子规。与此同时，还伴随着一个著名的传说。它的身世渊源，居然可以追溯到一个帝王的凄凉命运。这个传说，使这种鸟儿身上笼罩着一种浓郁的诗性的悲剧色彩，既有民间式的悠远奇丽，又有文人式的哀婉幽怨。

而与此相矛盾的，则是另外一个众所周知、不乏夸大其词的说法：据说此鸟借巢而生，幼鸟受别的鸟儿哺育长大后，不思报恩，反把其养父母弑而食之。这种说法背后隐藏着一个人类道德范畴中的情感误判。可是，我一直对这种鸟儿保持着一种单纯的近乎与生俱来的喜好之情，既不被那种悲剧身世的诗情传说所感染，也不被那种涉及人类生活中忘恩负义现象的道德劝谕所左右。我一直服从于小时候对这种鸟儿最初的感知印象——

麦子一黄，它嘹亮的声音就开始响彻天空。尤其黎明，尤其黎明之前的那种静谧时刻，初夏的天空显出青灰色和钢蓝色，高旷辽阔，点缀着几颗饱满欲滴的疏星。东方隐隐透出一丝清新的红意，那是曙光初现的征兆。清风里飘浮着露珠、青草、溪流、野花和麦子的气息，浩如烟海的绿树的气息，村庄的气息，残留的夜晚的气息。世界宁静而广袤，仿佛人类的过去、现在和未来一下子混杂在一起了，既有清晰的真实性，又带有强烈的梦幻色彩，弥漫着某种结束与开始相互交织的温煦的气氛。就在这个时候，深深的天空中响起布谷急速的鸣叫声，音节响亮，四声一度："布谷布谷、布谷布谷……"

多么高亢动听的歌声啊！

这种声音仿佛加深了天空和大地的寂静，又仿佛打破了这种寂静，把一个晴朗的呼之欲出的清晨，从一种宁静的水果皮儿般的包裹中催生出来。其实"布谷布谷"是一种普遍的"音译"。对于这种声音的内涵，不同地方的人有着不同的理解和设想，有的地方听成"快快割麦！快快割麦！"，有的地方听成"快快播谷！快快播谷！"。我们这儿的人则把它的鸣叫声听成"割麦垛垛"。但无论怎样，这种声音都与古老的农事有关，那是一种《击壤歌》般整洁朴素的农事。其鸣声是对农事的一种催促与提醒。

说来也奇怪，当麦子开始成熟的时候，布谷也开始鸣叫；而麦子收割以后，颗粒归仓，布谷的鸣叫声也随之消失了。

皂 角 树

我沿西沙河堤坝向南走，走得远了，到了一个新地方，拐回来天就落黑了。这野外的夜，还是过去年代意义上的夜，阔大、厚实。灌木丛生，蚊虫乱飞，坝上寂静无人，有点吓人，我就想抄近路赶快回去。又走一段，我下了堤坝，决定不走前面的大道了，于是踏上一条弯弯曲曲的小路。

走二十来分钟，天黑透了，满天都是星星。远处的村庄中隐隐闪出几点灯光。走着走着，前面的天空突然变暗，只见一团巨大的黑影沉沉地压过来。我赶紧站住，浑身不由得就起了一层鸡皮疙瘩。那黑影从地面巍巍崛起，又四下里向外蔓延，天空下显得说不出地庄严和神秘。这影子蕴含着一种巨大的力量，但这力量又引而不发，就那么紧巴巴地绷着，以至于对周围的环境形成一种强大的包容性——它处在这儿，这儿的空间就都属于它了。

过一会儿，我才慢慢适应这儿的黑暗。我看到那黑影像是一小片杨树林子。我又开始向前走去。一股凉意扑面而来。越往前走，凉意越浓，冷浸浸的，渗入肌肤。经过那片黑影，天空猛然一亮，头上又是繁星满天了，空气也重新变得温热。我扭头望去，觉得那黑影又不像杨树林子了，它比较紧凑，像是灌木丛。但我心里终归是惑惑的，觉得灌木丛不该如此高大。

回去后，我对那黑影一直难以释怀。

第二天，天刚蒙蒙亮，我就向那个地方走去。昨晚那团黑影果然不是杨树林子。远远望去，看不到树干，只看到一个浑然一体的绿疙瘩。天空中有鸟儿疾飞，宛若满弓发射的箭镞，从四面八方纷纷射进那团浓绿。到跟前才弄明白，它果然不是灌木丛，而是一棵生机勃勃的皂角树。树的枝叶稠稠的，真绿，绿得汪汪滴水般，看那样子，好像冬天也不会使它们凋落。

我猜不透这棵皂角树到底活了多少个年头，只看出它很古老。这儿最长寿的人和它相比，也会显得年轻。时间使事物的生命变得神秘。我想到传说中的树精。树身又粗又高，我绕着它走了好多步才走个来回。似有成千上万只鸟儿在树冠中鸣叫，一片流水般的喧哗声。我狠狠鼓掌，但树冠太大了，我根本不能惊动它们。

树身东边有个裂缝，如一扇窄门，里面都朽烂了，空荡荡的，看来真正的大树其实是没有年轮的。我悄悄走进去，树肚子真大，天光一暗，鸟声也一下子小了，仿佛离这儿极其遥远。我在里面静静站一会儿，然后小心翼翼地转转身子，脚步声一下一下，在树肚子间闷闷回响。这儿的空气比外面的潮湿，有股木头的气味，很浓——似乎气味木质化了。里面和外面是完全不同的两个世界，外面的世界光阴荡荡，里面的这个世界时间却是凝滞的。我在里面有点茫然。忽然发现北侧有一道极细的亮光，抬头一看，原来上面也有一个裂缝，像个天窗，光线就是从那儿漏下来的。还有鸟鸣声，檐前滴水般，一滴一滴地落着。这儿太孤寂了，我不敢留得太久，赶紧走出去。

我一直向外走，直到走出皂角树浓荫的包裹。天空忽然又一下子亮起来。晴空万里无云，格外蔚蓝。阳光晶明刺眼，让人怀疑从古至今这世上到底是否真的有过黑夜。阳光中，皂角树又高又大，仿佛从古至今，这世上也从来不曾有过死亡。

72

小　叶　杨

小叶杨的叶子就像铜钱，圆圆的，非常硬实，很绿，很厚，相当于大叶杨叶子的三分之一。它的枝条比大叶杨的苍劲，那么多叶子披挂在枝条上，树看上去显得很累。积一点雨水，枝条就弯下来。有的枝条上呢，叶子又很疏，叶子与叶子离得远远的，谁也碰不到谁，再多的雨水沾在叶子上，枝条都是直挺挺的。

小叶杨的树皮也比大叶杨的苍老，到处都是裂口，浑身没有一处光滑的地方。同一阵风，吹在大叶杨上要比吹在小叶杨上响得多。吹在大叶杨上是"哗——"，吹在小叶杨上是"唰——"。

《红楼梦》中晴雯病中问诊，宝玉、麝月论到药的功效时扯到杨树，宝玉道："我和你们一比，我就如那野坟圈子里长的几十年的一棵大杨树，……连我禁不起的药，你们如何禁得起？"这里指的就是小叶杨。杨树老时，心就空了。空了的树心记不住世间的年岁，甚至记不住自己身在何处。杨树天生就属于底层，属于村野，属于清旷和荒凉。宝玉用以自比，皆因宝玉是赤子。

小叶杨在这儿快要绝种了。

在李营西还有一棵。树身水桶般粗，树皮开裂，枝条稀疏凌乱，看上去树龄有些年头了。它长在众多大叶杨中间，显得有点孤立。不知它还能存活多久，说不定哪天，人们就会把它砍伐掉。不知道在哪儿还能见到这种树。

夏天黄昏，站在这棵树下看落日，不知怎么，就为这棵树的命运担心，为自己以后找不到一个立足点看落日而担心。

落日就在河对岸，很近。河水平静，水面宽阔，积一片白蒙蒙的亮光。鸟儿想飞就能飞过去——有的鸟儿就飞过去了，飞到对岸的树林里。蝴蝶也能飞过去吧，只是我觉得蝴蝶未必想飞过去。因为我如果是蝴蝶，我就不想飞过去。此岸同样有野花青树幽草。蠓虫应该飞不过去的，蠓虫的翅膀太小了。

太小的翅膀只能驮动自己的身子，驮不动自己的梦想。

落日沉落后，天暗下来，绿树梢头有画眉鸣叫，这儿一只，那儿一只。更远的地方，还有一只。

枣　花

这儿有句俗语："桃三杏四梨五年，枣树栽上就赚钱。"说的是这几种乡村常见的果树挂果的年份。

其中枣树最早挂果。枣树勤快。

很多枣树栽上后转年就开花。第一年的枣花很少坐果。如果坐果，孤细的枝头挑着一颗两颗，看上去非常出眼，很好看。

枣花开起来非常繁密，每一个互生叶片的叶柄处都有一小簇。一小簇七八朵，密密麻麻的。

小的花朵一般都挨得很近，仿佛花朵太小，身子骨太单薄，格外害怕孤单似的。

满树的枝叶，满树的花朵，蜜蜂嗡嗡响，来采枣花蜜。也有很多黄蜂，在细密的枝叶间做巢，平常一点也看不到，深秋叶落的时候，才看到一个或两个在那儿空寂地挂着。

枣花秀淡，浅绿中又带点淡黄，极淡的黄。这么小的花，却也照样一丝不苟地开了五瓣，香幽幽的。清晨或傍晚，天下露水时，有一股细细的药引子味。

苏东坡的词句，"簌簌衣巾落枣花"，以"簌簌"二字形容枣花的谢落，传神至极。这么小、这么淡的花朵，居然可以结出又红又大的枣子，在冷清的秋光中留下点点动人心魄的艳色，真让人称奇。

　　枣花也常常是一个瘦瘦高高的女孩子，善良、温和、本分，长在过去时代的乡间，不是十五，就是十六。眉目澄澄，一条乌黑的长辫子搭在瘦削的肩头，穿干干净净的蓝布衫、黑裤子，脚上是宽口长脸儿的绣花布鞋，鞋头、鞋帮绣着折枝红梅，鞋底有细密的针脚。

　　黄昏时，女孩子挎一只用青竹篾编的小篮子，坐在屋旁的大枣树下择青菜——该给爹准备晚饭了。花喜鹊在什么地方叫了一声。女孩子抬一抬头，看到树梢上的大红日头，心里又平和又安然——不知为什么，还有一丝淡淡的叫作寂寞的东西。

　　忽然就听到娘在院子里喊："枣花！枣花！"

　　女孩子脆脆地应答道："哎——"然后走进厨房。

　　房顶上的土烟囱，冒出淡蓝色的炊烟，云一样静静地浮在那棵繁花点点、幽香细细的大枣树上。

　　世事真快啊，转眼间，女孩子就老了。很多东西说消失就消失了——古老的乡村之美，是一种说不清的眷顾与怀恋。

这 阵 风

　　这阵风忽然吹来了，忽然吹过这个晴朗的黄昏——一个玻璃做的黄昏，或者说一个装满清水的略微倾斜的玻璃瓶子，不能碰，一碰就会向某个很深的地方掉落下去。接着，这阵风吹在这株高大的老桑树上。黄昏很宁静，这种宁静仿佛上了一层厚厚的釉子，有着滑溜溜的、明亮的质感。这阵风吹过时，这种宁静就碎了。

　　这阵风，仿佛还是许多年前的那阵风。它吹向天边，许多年后，又回来了——但是没有人能看到它的沧桑。其实，风也有自己的伤痕，但它把自己所有的破碎都隐藏起来了。这样，这阵风又仿佛从不曾离去，仿佛一直就在这株老桑树的枝上孤零零地悬挂着。你只能听到它的声音，但是你听不到它内心的寂静。你听不出它的声音是呼喊呢还是呻吟，是哭泣呢还是歌唱，是欢笑呢还是叹息。你听不清它。说到底，它的声音也是一种隐秘。你更听不出它的心跳。这样一来，你就不知道它是在为什么样的事物而激动了。

　　在黑夜，这阵风也会做梦。当然，没有人知道，它曾经梦见过什么。

　　它曾经到过哪里？它是谁？它为什么又回来了？它像谁在岁月的消耗和磨损中一再寻找生命更深层次的抚慰？而最终，它又会在哪一个时空中消失？如果它再次吹来，我是否还能再认出它？它吹过来时，我正在西沙河岸边（一条在我生命的边缘涌流不息的河，它形而上的流水总会一不小心溢出它形而下的河岸），在时代的一个最偏远的角落（是啊，"天涯也有江南信，梅破知春近"，最偏远的角落也有一些东西被风送了过来），在所有道路消失的地方，在一粒尘埃上——我试图站稳脚跟。

风吹过来，吹过去。就这样，很多时光过去了。不是我总在风中生活，而是风总是一阵阵向我吹来。就这样，我身上那些飞扬（飞扬是青春的姿态）的东西慢慢消失了，被风刮跑了，只剩下一些微痛的重量、一些骨头和盐、一些石头。这阵风吹过，还有一些有点重量的东西，将会从某个高于地面的地方落下来。比如一些花瓣，"风不定，人初静，明日落红应满径"（张先）——一阵风把花朵吹红了。一阵风过去。一种看不见的空白。就这样，风来风去，转眼之间，花朵就开始衰老了。

还有更重的东西从天空中落下来，"微温的地面将掉落梨子"（雅姆）——梨子会在一个最出其不意的时刻落下。微温的地面具有神性，充满了生命的内蕴。还有，梨子落下时一定会发出一种让人心动的声响（如果在深夜，梨子会惊动谁的梦呢？）。于是，梨子就在这种短暂的过程中变成了某种多向度的象征。

现在，这阵风吹过河滩上的这株老桑树。毫无疑问，它还将吹过更多的事物。

风继续吹，吹过人间，吹过很多人的岁月。

月　亮

我从另一条道路向西沙河走去。

这条路穿过两个村庄，最后是一大片樱桃林。过了樱桃林才能来到河堤。

到处是翻江倒海的树影，很高很高的树影，很低很低的树影。上帝失手打翻了一罐墨。村庄很静，是很深很深的静，很古老的静，如一口水井——是的，如一口深埋在大地中的水井，井壁长满厚厚的青苔，永远不说话。是的，最浅的井也永远不说一句话。水井不是静，是沉默。

灯火细小，在浩瀚的黑暗中没有辐射性，远看一点点，近看还是一点点。你离这点灯火很近了，但仍然感到有一段无法消除的距离。你经过这点灯火，然后又离开了。你越走越远，越走越远，越、走、越、远……你离开灯火的时候，居然有一种告别的意味，仿佛与一种叫不出名字的美好的东西告别了，永远告别了。你再也看不见这点灯火了。但这点灯火，倒仿佛成了一根扎在你肉体里永远拔不出来的刺——或者什么也没有，一切都消失了，只是在内心深处留下一点微微灼痛的感觉。

周围的环境给人一种不真实的感觉。你感到一切都不太真实。你向前走，倒像是向下走。这个时候，你的自我意识特别强烈。你被一条路带着。你慢慢往前走。这条路可以把人送走，也可以把人留住。你感到自己可以永远离去，也可以在某个瞬间归来。但你不知道你最终会走到哪里，你只拥有一个方向；如果回来呢，你也不知道你到底又能回到哪个地方。你似乎可以走进任何一座空荡荡的房子，可以随手推开任何一扇虚掩的门。这个时候，生命充满一种强烈的未知。你在某个虚构的世界里走着——"我将是一切，或者什么也不是"（博尔赫斯）。

我沿着河堤向北而行，打算从西关纸厂东边那条路往回走。树影变得清晰了，越来越清晰了。转过一个路口，转过一片茂密的杨树林子，突然看到一轮月亮，又大又圆，那么近——几乎让我咣当一下一头撞上。狂暴的树影沉淀下来。事物变得黑白分明。

有一片树林好像跑着跑着突然停下来，在河滩上弯下身子，大口大口地喘气，然后又静静屏住呼吸，在一瞬间变成一组石雕。

当月亮升高时，你又感到自己变得不真实了。天空也亮了，一种很细腻的幽蓝，但又看不透。这时的天空，更像某种极其主观化的产物。

月亮在天空中。月亮是一口泉眼（泉眼与水井不同。泉眼就算不涌流，也是一种声音）。月亮是一个最纯洁的永不蒙尘的动词，一面形而上的镜子，一个女人的令人心碎的曲线——最完美的曲线，从美到美，从泪水到泪水，从终极到终极，从无限到无限。没有起点，也没有终点。从不开始，也永不结束。

但是在所有农业时代的庄稼地里，我都无法找到月亮过去的清光了。这么大的天空，就月亮自己。它纯洁的清光，更是无处存放。这个时候，我感到这世上有那么多事物让我无力去爱。我只有像月光一样，静静地铺满所有的水面。

夏日天空

夏天是一个光的世界。

光在黑夜也没有离去，它只是暂时被夜的帷幕遮挡住了，仿佛帷幕会随时被一只手突然拉开，光在瞬间倾泻出来，整个世界又会一下子变得亮堂堂的。

夜晚的天空，幽蓝，繁星密布，星辉清冽，肃静。天边，连着草滩和河流，一直到田野尽头，星辉才浑浊不清，像渺茫的几千年前的歌声。天边有默默赶路的异乡人，天空倒映下来，星辉落满肩头。

白天，太阳当头照着，天空发蓝、发亮。天空中没有云，空荡荡的，阔大、深远，在你头顶静悄悄地罩着，但仿佛离你很近很近，近得贴着你的身体，与你肝胆相照，你也变得发蓝、透明——你的体内永远有着夏日里最后一片低回凄怆的天空，最后的绝望，最后的美……"美丽通常在绝望中生存"（艾米莉·狄金森）……天空无处不在，泥土里、青草根下、虫声中、鸟儿的翅膀上、头发丝里、树叶的背面、墙根、青苔中、灰尘里、薄荷糖里、哭泣与梦想中……到处都隐藏着夏天明亮的天空。

山河悠远，岁月悠久，人在天空下，仿佛人是天空深处积下的某种沉淀物，是天空的结晶体。

通常在下午，黑云滚滚，狂风大作，一阵大暴雨从天而降。雨后乍晴，风平浪静，过去的一切仿佛邯郸一梦。天空仿佛一下子又深了几尺、宽了几尺，蓝得水汪汪的，深蓝中堆积着一团团洁白的云朵，被阳光照得透明。这些白云饱满、松软、深静，立体感极强，仿佛会几世几劫地堆在那儿，但其实它们又时刻悄悄变化着，从一种形态，到另一种形态。

蜻蜓、蝴蝶、燕子，还有其他鸟雀在天空中飞来飞去，树叶上的雨珠闪闪发亮，蝉声激越，声音在胸中鼓荡，蝉的身子似乎随时都要爆炸。草木的气息、雨水的气息、大地的气息、光的气息……各种气息交织弥漫在一起。天空是虚静的、无声无息的，天空下的世界，生机勃勃。

天空永恒地静止着，天空下是小小的活动着的人影，轻飘飘的、虚虚的。大片大片的农作物盖严了地面，玉米、大豆、花生、红薯、芝麻……天空下还有勃郁的林木、安静的村庄、鸡犬牛羊、道路……这些我无限热爱的事物，我注定要和它们彻底死在一起。

幸运的事

河堤被夏天的雨水冲刷得干干净净，河沙又细又软，赤着脚踩上去非常舒服。青草长高了。无数同期孵育出的麻雀幼雏刚学会飞翔，它们似乎对飞翔还保有一种最初的好奇和快乐，在草丛和灌木里呼啦啦地飞来飞去。它们的骨架看上去还很单薄，但飞翔中有种新鲜的生机勃勃的气息。

有只燕子几乎擦着我的小腿飞掠而过。有片河滩上长满柿树。这些柿树结满柿子，它们的枝杈很低，一大片一大片压着地面，你如果采摘这些果实，就得弯下腰。它们在很低的地方降下绿荫，你只有坐在那儿，绿荫才能把你覆盖。在一场雨和另一场雨之间，这些柿子又长大一点。它们在枝上静静地挂着，仿佛在午后的阳光中，静静地怀想刚刚过去的风声。还要过一段时间，这些柿子才能变红、变甜。到秋天，这些柿子就会散发出一阵阵幽香。

有很多生活，都被我不知不觉或被迫地浪费掉了。但青草不会浪费自己的生活，树木不会，昆虫不会，飞鸟也不会。它们实实在在地存在着，遵循生命最本质的感觉，遵循自然和宇宙最细微的律动。它们除了属于大地，就只属于自己。

十多年前，我曾有过一个梦想——在乡下，在一大片干净的河滩上，盖两间小木屋，栽一片柿树林，独自在那儿安静地生活。河水缓缓流向远方，风从暗夜里吹来，小木屋散发出淡淡的木香，咿呀一声推开窗户，可以望见满天亮晶晶的星斗。秋天，阳光明亮而不灼热，天空又高又蓝，微风一吹，鲜红的树叶一阵阵从树上哗啦啦落下，到最后，树上只剩下红通通的透明的柿子……天凉了。白昼有点短，夜晚有点长……

这个梦想曾很固执地折磨过我，很长一段时间，我深深陷在那种意境里不能自拔。现在，这个梦想仍然让我怦然心动，不胜神往。真正的生活就应该是单纯而优美的。单纯不仅是一种生活状态，而且是一种精神品质。单纯还是一种诗性和美学，所以，它带有理想和梦幻的色彩。

夏多布里昂说，有两种东西，随着一个男人年龄的增长在他胸中滋长：对乡土的爱和对宗教的爱。是啊，想想看，有一个村庄可以居住或怀想，有一片土地可以热爱，有一盏灯可以点亮，这其实是人生中多么幸运的事。

黄昏突然宁静了一下

夕阳横空。这儿的方言称下午为"横阳",再晚些是"半横阳",再后来就是"落黑",都是极古极雅的词。风雅千古,源远流长。

绿荫四伏,蝉鸣如织。我向西沙河堤坝缓缓而行。前面是一对恋人:男的赤膊,上衣搭在右边的膀子上,下身穿一条浅灰色休闲裤,皮带束在胯骨上,高个头,极强壮;女的长发,秀目,长脸儿,穿吊带黑短裙,双腿修长。我超过他们。现在,我已超过了爱情。我离爱情越来越远了。不是爱情远离了我,而是我远离了爱情,永远。这是因为,我的心已失去了最初的纯洁。

堤坝上,几场大雨之后,青草已经覆盖路面。仿佛它们是从四面八方一下子赶来的,它们一下子就走完了这世上所有的路。

堤坝之下是香椿树林(香椿树越掰越旺,好了伤疤忘了疼,绿冠浩大、散漫)、樱桃树林、桃树林(樱桃树、桃树谢了果,过了六月整棵树就开始衰败了)。往北有段堤坝长满黄花菜,花叶皆美。

李营村口,堤坝右侧,是一片乱竹丛,细小零碎的枝枝叶叶葱郁茂密。竹丛中有一棵野柿树,柿果累累,太沉重的苦涩与甜蜜。有根大树枝子被最近的一场大风刮断了,枝叶倒垂下来,枯死。有天早晨,我曾在竹丛中的花楸树上听到黄鹂叫,今天没有,也许因为天太晚了,也许黄鹂已经飞走。树丛中到处都是蝉声,尖锐、密集,而又有说不出的空

85

洞和喧闹。我在堤坝上行走，仿佛整个人被这无边的蝉声浮起，越升越高，越升越高，直到自己看不见自己为止。

　　有个少妇骑着自行车从对面过来，车后座上架着一个专门给孩子坐的红色塑料椅子。现在椅子空着，没坐孩子。她从我身边经过时，黄昏突然宁静了一下，仿佛一只小船从水面摇过，到处都是涟漪。

多 好

天空这么高、这么蓝，虽然天天看到，但每天还是这么新鲜——苍苍者天，天空其实是我们生命中时刻都不能回避的东西。每天抬头就能望到又高又蓝的天空，你看，这多好。

阳光中，万物生长，人们劳作，"苹果遍地都是，每只苹果掉在各自树下"（维吉尔《农事诗》）。大地是多么慷慨和仁慈啊！能在大地上生存这一遭，多好。为此，心存感激。

夏天，每一棵树都是富有的，都长满了叶子，多么奇妙。微风中，这些轻轻晃动的树叶，看上去多好。密密麻麻的树叶在枝上长着，其实，它们只是在枝上逗留一下。春天，它们来到枝上；秋天，它们又从枝上落下。树枝只是树叶暂时落脚的地方，就像这个世界虽然很大，但对我们来说，也只是一根细细的枝条，也只是我们暂时落脚的地方。这些树叶在枝上轻轻晃动着，它们轻轻晃动的形态多么细致、生动，好像它们就是晃动给你看的，而这种感觉又是多好。树叶充满了生命，风又使它们充满了另一种生命。

还有这么多开得亮闪闪的花朵，有叫得上名字的，也有叫不上名字的，看上去都很好。这世界上有花朵存在，是多么美好的事情——花朵是神的微笑，是神赐给人类的祝福。

沟畔上，那几只羊看上去多好，它们干干净净地活着，只吃青草和树叶。作为羊，它们命运的结局注定是悲惨的，但它们还是这么平平静静地活着，它们只有对命运的顺应，而没有一丝一毫的抱怨。它们的籍贯一定是高高的天空，那蔚蓝如洗的地方。

玉米的叶子又青又长，红红的缨子看上去多好。还有在身边飞来飞去的小鸟，多好。现在，可以在这条长满青草的小径上走着——青草结了这么多的籽粒，明年，小径上的青草将会更加茂盛——可以看到这平凡而美好的景象，多好。

我们为什么非要对这个世界要求这么多呢？"我们会活着就足够令人惊讶的了。"（艾米莉·狄金森）是啊，我们活着，这本身就多么美好。

落　日

　　傍晚降下了清凉。早豆子已经开花了，很小很小的白花。绿色把大地盖严了。我把鞋子拎在手里，赤着脚在果园旁的草径上散步。一枚枚柿果青碧如珠，我忍不住捏一捏，很硬。还要经过很多阳光的照耀，它们才能变红、变软。有个男人从河堤上走下来，光着膀子，T恤衫甩在肩上，远远地问我，到教堂怎么走。我刚告诉他，一抬头就看到了那轮落日。这不经意的发现，在那一瞬间给我带来一阵非常奇妙的感觉。

　　天空有点阴，东一块西一块地堆着几片阴云，整个布局自然大气，不可描摹。这是七月的天空。落日刚好突破一片阴云，向地平线上垂落过去。那片静穆青深的阴云恰恰成为落日绝妙的背景，把它映衬得红艳欲滴。很快，一排杨树的树梢遮住了它。我快步翻过河堤，向一个废弃的渡口走去。从这个地方，可以看到落日最后消失的景色。河面满是静静的树影。蝉鸣断断续续，是一只蝉。另一处杂树林子里有画眉叫，也是断断续续的，也是一只。这落日如此之美，就算我用自己的一生，用自己所有的热情、所有破碎的眼泪，也无法描述。我眼睁睁地看着它慢慢消失，感觉就像自己在慢慢消失。

　　现在，它彻底消失了——但它的美仍然在我的生命中延续！

夏　花

　　夏天的花是南瓜的花。南瓜的叶子大，很粗糙的样子，一团一团地铺在那儿。开的花也大，暗黄色，还带点赭红的影子。早晨，大露水一打，花朵水灵灵的，到上午，一见太阳，就变得软塌塌的了。花开得也多，一直开到秧梢。雄花可以掐下来吃，蒸炒皆可，花萼吃着有种淡淡的甜味。雌花呢，当然留着打纽、成瓜了。把雄花掐下来，覆在雌花上，花蕊相触，这样一来，雌花一般能结出又大又胖的南瓜来。

　　丝瓜花也是夏天的花。夏末，丝瓜花也开始结瓜了。这个时候，谎花还很多，在绿色的长茎上挑着，很显眼。立秋后，开出的花才会开一个成一个，实打实地结出丝瓜来。

　　石榴花在五月曾开得多么疯狂呀，现在，石榴从枝上垂下来，压弯了枝条。但在一些细小的枝条上，偶尔还可以看到一朵两朵晚发育的石榴花，红艳艳的，看上去有点瘦弱。这么可爱的楚楚动人的小花，让人觉得在这个时候，真不应该还来到这个世上。

　　黄豆棵子在几场大雨后一下子就起来了，黄豆也开了密密的花，有的白，有的淡紫，很小，几乎不像是花的样子。

　　正在开花的还有芝麻。就像谚语里讲的，芝麻开花节节高，这里面有着某种对生活又乐观又固执的期盼。

　　早眉豆正在孕育花蕾，晚眉豆还在长自己的藤秧，它们的花事在深秋。还有很多花正赶在夏天开放。有的也许能看见，有的永远也看不到。有一些美丽注定会与我们的生命擦肩而过。

　　野葵花当然也是夏天的花。夏天快结束了，野葵花的头颅有点沉。太阳白灿灿地照着，这头颅在一阵又一阵明亮的风里转不动了，就那么直勾勾地看着脚下的大地。阳光和风会一点点取走它体内的水分。夏天就要过去了，很多事物要再一次消失，我们只能这样，在生中学习死，在夏天还没结束时提前学习告别。

乡村教堂

　　教堂在去西关纸厂的那条路的南边，两扇大铁门正对着路面。路是煤屑路，机动车一过，灰尘滚滚，经久不息。因为灰尘，我很少走这条路，也很少到这个教堂来。教堂前面是一大片田野，长着很多小樱桃树。这些樱桃树其实还不能算是真正意义上的树，还没有树的骨骼和身姿，正处于生长发育期，只能算是树苗。

　　有时，我从前面过来，穿过一个小村庄，到这个未来的樱桃园散步。黄昏，路边那几棵小杨树上总是落满密密麻麻的麻雀，把树梢压弯，叽叽喳喳一片繁响，仿佛是整个绿叶稠密的树冠在夕阳中生机勃勃地鸣叫。暮色沉沉，一切都静下来，从这儿可以望见教堂的哥特式的黄色尖顶在天空闪闪发亮，仿佛世上最后一抹生动的光亮。有几次，我独自从教堂门前经过，我向教堂望去，发现整个建筑很清冷——不过，也许是肃静。

　　我祖母信基督，信了十几年。她平时住在老家，有时也喜欢到城里住段时间，星期天就到这座教堂做礼拜。她刚信教那年，我得了一场大病，双侧气胸，差点死掉，她一边祈求她的上帝保佑我，一边积极动员我以后和她一块上天堂。那时我还年轻，不理解她的好意，也不理解宗教。我不喜欢她那每次吃饭睡觉前祈祷一番的仪式性的烦琐，也不喜欢她的信仰中的功利性——她信教主要就是为了死后上天堂。

有一天，她又在我面前谈论进入天堂的种种好处，要求我皈依上帝。那时我刚从医院出来，在家休养。她说："要不是我祈求上帝保佑你，你现在还在医院里躺着呢。"她坚信不疑的样子让我感到好笑，我觉得这种宗教和我祖母的实用主义结合起来，显得有点不伦不类。这时，它与其说是一种精神的信仰，不如说是一种世俗情感的寄托。

我对祖母说："要不这样吧，你给我找本《圣经》，我先看看。"

她一听，喜出望外，第二天就从教友那儿给我拿来一本。我看了一段开头，浅尝辄止。也许因为病后虚弱，我感到它实在太厚太重了，怎么也看不下去。

又过一天，我的祖母对我说："这下你总该信仰上帝了吧？这个星期天和我一块做礼拜去。"

我说："我还是不想去。"祖母急了，就说："你要是不去，上帝会生气的，还会让你犯病。"

几天后，我的另一侧保守性治疗的肺叶又漏气了，我还真的又住进医院。这样一来，我的祖母对上帝的"无所不能"就更加坚信不疑了，她且忧且喜地说："瞧，这下让我说准了吧！"

去年夏天，一场大雨过后，我到西沙河的河滩听蝉声，回来时路过教堂，一时好奇，就跑到那里面看看。

我从半开的后门进去。教堂内部非常空旷，一排排空荡荡的座位整齐有序，虽然没有人，却仿佛仍然有什么在那儿静静地坐着，在那儿静静地倾听和凝视。

我的脚步不由得变轻，慢慢向前走，然后踏上通往布道台的红地毡。我好奇地登上布道台，低头看上面那束红色的落了一层薄薄灰尘的塑料花。当我居高临下地向下面一排排空荡荡的座位张望时，我竟然突然有一种精神上的优越感，仿佛一位精神世界里的钦差大臣。

我很惊讶于自己的这种感觉。

　　皈依是心灵对某种高于自己的事物的虔诚投靠，但也意味着心灵对自己某种权利的无条件放弃。这一刻，我知道，也许我永远也无法在自己的内心培养出那种强烈的宗教感了。

　　我很快就从教堂里走出来，至今没再进去过。

　　教堂大门两旁各有一棵粗大的木槿，我一直把这两棵木槿看成是教堂密不可分的有机组成部分，因此，它们也是我有关这个乡村教堂印象中的一个亮点。这两棵木槿当时密密地开满浅红色的花朵，还有许多密密的未开的花蕾，这就使人感到，美在时间中有着大量的储备，包含着更多的现在和未来。

　　我喜欢这些充盈的繁花。我喜欢柔软的东西，比如花朵和女人，比如春天和爱情，比如某阵黄昏的钟声。我身上一直有种类似于流水的柔软的东西。我与现实世界的关系可以用秦少游的两句词形容，那就是："郴江幸自绕郴山，为谁流下潇湘去。"——是啊，我原本应该整个地属于这个现实世界，但我身上的另一个我又渐行渐远，寻找着某种现实之外的东西。

　　教堂东侧还有个长满青草的水洼，一只白鹭在水边一动不动地站着。我经过时它并没有想飞走的意思。我想离它更近些。但当我走到能看清水中它的倒影的距离时，它突然飞起来，像一小团雪。它向教堂方向飞去。只见它飞过教堂的黄色尖顶，忽然融化在一片虚空之中。我静静地站着，再也看不见它了，只有一团蓬松的云。天蓝得仿佛要塌下来。

村　　后

这个村子叫王寨，以前住着很多户人家，后来慢慢都搬到外面，于是村子的后面就空了下来。

村庄像一条蛇，从自身中一点点爬出，留下一个空寂的蛇蜕。

人走了，房子留下来，房子怎么也走不动。树也留下来，树也走不动。树就那么定定地站着——不过，树还是与房子不同的，从另一个方面来说，树也在一直走着，树往上走，往很深远的地方走。每年夏天，树都会离天空更近一点。

时间一长，房子就老了，又变成了土——没有人看见一座房子的崩溃。时间一长，树也老了，又粗又大，树的肩上扛着更多的枝叶。

村后的河滩上有一棵柿树，柿果累累，青碧如珠。如今，这棵柿树也老了——它的叶子这么绿，枝节这么多，它一定在天上走了很远。树身这么粗大，它在天空中到底走了多久呢？

房子越来越少，树越来越多，这片地方就变成了树林。当最后一座房屋消失时，也许，在某个地方，亮起了最初的一盏灯——那盏灯只能眺望，却无法走近去抚摸。

几天前刚下过两场暴雨，树林里还很阴凉。午后的阳光白茫茫的，有一部分叶子被光照亮了，有一部分却黑沉沉的。世界宁静而寂然。仿佛这个世界是另一个世界的影子，或者说，是另一个世界留下的蝉蜕——另一个世界突然飞走了，飞到一个更遥远的地方。树叶一动不动，但每片树叶上又仿佛积攒着许多风声——许多世世代代从远方吹来的风声。所以，这些叶子似乎随时会翻动喧哗起来，许多洪大的声音似乎随时会重新回到这无边的寂静之中。

不远处有一只羊在吃青草和树叶。羊是一种最柔顺最没有抵抗性的动物，它的眼睛里只有阳光和天空，湿润润的，似乎永远挂着那种叫作泪水的东西。有时，它会低低地叫一声，在空阔的林子里，它的声音是那么孤单无助。

羊在这个世界上是那么孤单无助。它仿佛来自一个遥远的一尘不染的地方。它时刻都在思念那个地方，都在想着回去，却又永远也回不去。

站在河滩上，还可以看到水中有一只野鸭在潜水。它第一次在水中停留了三十秒。第二次，我发现它仍然停留了三十秒。当我等待看它第三次潜入水中时，它却贴着水面哗啦啦地飞走了。

当我来到那棵老柿树下时，有一瞬间，恍惚间我仿佛又变成了一个赤脚光背的少年，额头亮晶晶的，身上挂满细密的汗珠，皮肤被阳光晒得黑黝黝的，在河滩上漫无目的地转悠。脚下是野花，青草丛中飞舞着许多花蝴蝶和红蜻蜓。牵牛花的喇叭状花朵在午后的阳光中紧紧闭合起来，只剩下一点点绛红色的影子。河水平静，水面上光波如梦似幻地晃动着。到处都是亮烈密集的蝉鸣。蝉鸣如瀑——一种声音的瀑布从天空和树荫中倾泻而下。而蝉声中却有着一种更深的寂静，仿佛蝉声中有一个永远也填不平、盖不住的深洞。

世界空阔无边。树叶绿得不能再绿了，茂盛得不能再茂盛了。夏天是针尖和顶峰。那个少年在满天的蝉声中沿着河滩一个劲儿地向前走。他不知道自己要去哪儿，也不知道自己能到哪儿，他只是被生命中某种渴望融入这个世界的模糊冲动推动着。他心里有种繁密的憧憬，有种神秘和好奇，同时还有种说不清的恐惧。

那个时候，他的世界很小，他的世界是一个村庄，是村庄后的一片河滩。但因为充满过多的幻想，他的世界又显得很大——他的世界无限单纯明亮，又无限深邃幽远。很久以后，他才慢慢明白，这个世界可以是一片树叶，也可以是一个树冠；可以是一根枝条，也可以是一座森林。这个世界既无限丰富，又无限荒凉。

……坐在这棵老柿树下，仿佛许多年后我才回来。

天空炽热、浩阔、明蓝，浮云悠悠，清风徐徐，至少那一刻，我是笃定的——"自己谦卑，观看天上地下的事"《圣经·诗篇》。我是一粒尘土，在大地上完成自己寂寞的生存，然后再归于尘土。

这棵老柿树，它身上的裂口如此密集，仿佛它不仅在天空中走了很远，它在人世间也走了很远。饱经风霜后，它又回到了原处，从此，再也不打算挪动一步了。它只是年年安安静静地顺应季节的轮回，开自己的花，结自己的果。到了秋天，满树果实就变得红彤彤的，至于被风吹落、被鸟儿啄食或被人类采摘，那已是另一回事，一切已与它无关了。我觉得在那些离开村庄的岁月，我一定和这棵柿树在哪儿相遇过，也许在某个尘土飞扬的岔路口，也许在某个荒落的夕阳如火的旷野。我们一定相互长久地打量过对方，然后又匆匆走过，却始终没有说过一句话。现在，当我坐在它宽大的树荫下，可以相互谈说很多事情时，我们却什么都不想说了。

我静静地坐着，它静静地站着，共同看着这个被阳光照耀得亮闪闪的世界。

徐禅堂

我从徐禅堂渡口上岸，直接向徐禅堂村走去。徐禅堂在河西岸，紧靠着堤坝。冬天，我能看清这个村庄的骨架和轮廓。现在到处都是树叶，一层又一层的枝条，绿荫四合，封天蔽日，整个村庄都隐藏在树林中。这让人感到有点陌生。

去年深冬的一个下午，太阳昏黄黄的，我恰好在村口遇到一户人家送殡，那种生离死别时的哭声，被呼啸的北风在无边的空旷中吹送得很远。女人拖着长腔，男人的声音短促而低沉，老人的类似于呻吟，孩子的尖厉响亮。悲痛的力量如此强大，仿佛整个天空中都是哭声了。现在，就在这同一个地点，枝叶扶疏，阳光明亮，世界波澜不惊，但在这种北方平原特有的空浩明亮的寂静里，却仿佛仍回荡着去年那一阵阵撕心裂肺的哭声，隐隐约约，不绝如缕。

村里村外的这些大树，只是自顾自地生长，丝毫不管人间的哀乐，仿佛树另有一个独属于它们的更为深远幽邃、永远不被我们所知的世界。

树的世界和人类的世界就这样无声无息地静静相对。

树叶多么沉静、浓绿，仿佛树冠里面有一种不被打扰的永恒力量存在着。树是树，我非我。所以，我们的生活时常不太像我们的生活。诗人说，被光照亮的叶子，要比花美丽。这是因为当被光照亮时，叶子获得了另一种更高的存在。光照到叶子上，叶子的生命一下子升华了。有光的生命就有神性——一种与万物相接的更高更浩大坚实的存在，没有忧虑和恐惧，只有无限的平静、清凉、镇定与澄明。

徐禅堂是个很大的村子，到处都是树。村庄是个大树林子，大树林子里又有很多小树林子。树比房子多，比人多。树喧宾夺主地存在着。

鸟儿扑扇一下，从树梢穿过，翅膀瞬间变绿了。

村里有个池塘，几只大白鹅浮在水面上，还有几只，在塘半坎里卧着。村后有几片很大的桃园，桃子还很青硬，毛茸茸的。春天桃花开时，红艳满树，一定非常好看。可惜今年春天忘了来，错过这一美景。好在还有明年，明年春天一定来这儿。树上的桃子大多用牛皮纸袋子严严实实地套着。我问一个老农为什么这样做。他说这种桃是晚桃，十月份才能成熟，属于蜜桃，也叫中国寿桃，个儿大，皮儿薄，如不用纸袋子套起来，长着长着桃就裂了。

等我在村里转一圈再回到渡口时，船家因为要回去晒麦子，已经把渡船开走了。我打算从西关纸厂旁那个渡口回去，但凑巧的是，走到半路上，遇到一个渔民，他正要到河对岸去。他把一辆破自行车搬到柳叶舟上，正准备划离河岸，看我走过河滩，就停住了。

我问还能不能再坐上一个人，他说，可以。小船平稳地向河心划去。两场夏雨刚过，水势大了，河水有点腥。河面上一前一后飞过两只白鹭，线条柔和生动，体态优美极了。我看到了它们尖尖的呈弧状的黑色长喙。鸟儿最美丽的就是这种自由飞翔的时刻。

刚才站在徐禅堂这边看李营，一片绿茫茫的，物象大为不同，感到有点陌生。以前站在李营看徐禅堂时，也是如此。现在坐在小船上看，两岸的风景又都差不多。但天空有点陌生了——仿佛一下子高了许多。此刻，我感到最幸福的事情莫过于变成一只白鹭，在河面上忽东忽西，悠然飞过。

小 新 集

　　小新集在徐禅堂南面。小新集不是街市，而是皖西北平原上一个非常普通的小村子，属于大新镇。大新是个集镇，离小新集还很远。小新集在大新东边。很久以前，一些人因生活需要而定居在这个临河的地方，所以称之为"集"。由于当时刚刚集在一起，所以称为"新集"。相对于大新镇而言，这个村庄很小，于是前面又冠上一个"小"字。"小新集"一名的来历大约就是如此吧。

　　村人多为张姓，也有姓陶和姓王的。村后有一大片树林，林中满是青草和野花。二○○○年春天，第一次见到这个村子，感觉恍若隔世，当时曾强烈地萌生出在此卜居的念头。夏天，林中开满白茫茫的野菊花，密如繁星。有一次，我见到一种非常奇特的鸟儿从里面飞出。这种鸟儿比斑鸠略小，但身材要修长得多，头上极具装饰性地生出一丛美丽的羽毛。这使它的头部看上去类似传说中的凤凰。它的翅膀呈褐红色，尾巴很长，尾巴梢是黑色的，但又点缀着很多白色的细碎斑点。它从野菊花丛中飞出来，翩然落在一片草地上，当时并没有注意到我的存在，于是缓缓向前走去。它走起来长长的脖颈一伸一缩，极有韵律感，显得气度雍容、仪态万方。

　　在北方平原上，像小新集这样的村庄很多。这样的村庄布局松散随意，房屋的构建因地制宜，率性而为，带着那种原始的实用色彩。美学原则无奈地让位于更为沉重的现实生活。外溢出来的生活美感便体现在那些绕屋而种的柿树、石榴树、桃树、月季、虞美人等常见的果树和花草上了——灰暗的房屋旁一树或一丛如此明亮美丽的繁花，在风和阳光里无怨无悔地怒放着，让人心里涌出一种说不出的感动！

冬天，杂树丛生，荒荒落落，风一阵紧似一阵地吹过，人世显得寂寞空茫。夏天，绿荫四合，铺天盖地，天空高蓝开敞，阳光白亮亮的，花开果长，瓜熟蒂落，万物各从其时，各得自然，岁月既安静又古老。

仅仅从外表来看，村庄与村庄之间没有什么太大区别，有时甚至仅是名字不同而已。人们的表情神态一样，动作姿势一样，生活习惯和内容一样。树荫也一样。平原平平整整，一望无际，除了村庄还是村庄。因此，你很难找出什么太突出的地理特征和风物特征。但话又说回来，没有特征本身也算是一种特征了。用睿智的老子的思维方式来讲，浩大而恒远的事物往往都是没有特征的，或者说，最大的特征就是没有特征。

村里的年轻人对外界充满幻想和热情，向往城市，对父辈的生活方式不屑一顾，他们几乎全都到外地打工去了，并且抱着能不回来就不回来的念头。这里面不乏野心勃勃者，怀着一种"王侯将相宁有种乎"式的命运置疑在外面的世界打拼。极少数成功了，梦想变成辉煌的现实，但更多的人伤痕累累，依然如故。生活中充满机遇，生活也是残酷的。有的人终于如愿以偿，留在了城里，他们永远也不会回来了。他们身上的尘土被风慢慢吹去。但也许他们心中还有另外一些风声，那是故乡的风声——不随季节而改变的秋风，永远的秋风，在生命里持久不息地吹拂。还有一些人，最终仍无奈地回到自己的乡土，重新面对那些熟悉的庄稼、沟渠、牲畜、土地。最痛苦的应该是这样一些人，他们在外面生活几年，生活习惯和思想观念迅速被城市同化，他们已经彻底不能适应古老的乡村生活，但又无法真正走进繁华的城市，因此他们无论在生活上还是在心理上，都处于一种进退两难的境地，只好走一步算一步，在城乡之间苦守苦熬。

那些生活在村里的人，大多是老弱病残，或拖家带口的中年人。这些祖祖辈辈生活在平原上的人，现在基本上仍遵循着那种古老的简洁严整的生活方式——日出而作，日入而息。他们单纯、憨直、善良、朴素、勤苦，但又有着一种动物式的狡黠，某些时候，还透出一丝自私与鲁钝。这是与土地长期紧密联系在一起的人们所共有的一些特点。由于日复一日长期生活在一种无尽的平淡单调之中，所以，他们对突发事件有着强烈的好奇心和窥视欲。但这种反应又很短暂，在最初的热情消失之后，他们很快又恢复了那种土地般巨大的平静，重新回到他们泥土里的生活。

在语言表达上，他们具有中国传统文字中那种典型的根深蒂固的形象思维特点。比如，当说到人与人之间具有某种血缘或生活上的亲密联系时，他们会用一个奇特的暗喻性的措辞："粘秧"——某种关系像藤蔓或绿秧一样同根而生或相互纠结在一起。再比如，说到某人（一般指年龄偏大的男性）富有生活经验或狡猾多谋，他们会直接地称他是"老黄脚"——某类善于逃脱、生性机警的动物。再比如，当正谈论着某个人而某个人恰好不期而至时，我们在书面语中，往往会不由自主地挑选出这样一个俗语："说曹操，曹操到。"而他们压根就不会想到这样一个语句，而是用一个更具幽默感和戏谑性的句子："说着王八来个鳖。"

总的来说，他们的话语普遍不多。他们有时也会开怀大笑，那一刻，他们显得轻松、天真、爽直，但是生活本身提供给他们的这种机会不是很多。他们的性格中充满了忍耐与坚毅，充满顺从的意识，顺从命运、天时、生老病死——几乎是无意识的、本能的、随波逐流的。

他们的表情沉静、若有所思，带着某种内敛的性质，某种黄昏或暮色来临时的和缓、深静。他们的眼睛所关注的是那些地面上的东西，是生活中那些细小具体的东西。他们的眼睑低垂，时常平视或俯瞰。那些超出具体生活的东西，对于他们而言，意义不大或毫无意义。最近，随着生活水平的相对提高，他们已慢慢从繁重的农活中解脱出来——即使还没有完全得到解脱，也有松口气的余闲了。所以，他们的神情中也开始具有几分舒展和灵动的气息。

在他们中间，你能清楚地看到一个多灾多难的民族的古老面孔，看到历史中那些被血液、生命完好无损地保存下来的东西。这是一棵大树上的巨大叶子。这种幽远的东西反映了一个民族命运中的悲苦、疼痛、坚毅、安然和沉实。

立　秋

　　秋天来了。空气中弥漫着燠热潮湿的气息，非常浓郁，好闻。这是一种田野里特有的庄稼和泥土混杂在一起的味道，是将要离去的夏天的汗津津的体温。天边堆着一团团洁白的云朵，被阳光照得透明，仿佛有着玉石的质地。天空映照在大地上。天空下，那些村庄和绿树的线条生动清晰。

　　秋风吹来的时候，我正在一条小路上走着，在一个拐弯的地方，我突然停下来。不远处是一个池塘，池塘里满是夏天的碧绿的雨水。通往它的小路上长满了荒草。草太茂密了，高过膝盖，要想走过去，非常困难。我只好从乡村教堂那儿绕过去。田野仍然很苍翠。树木还在长自己的叶子，蜘蛛还在结自己的网，阳光还在照亮蝴蝶的翅膀，候鸟还在鸣叫和飞翔……

　　秋天里的生长还将持续很长一段时间，那些生命的汁液、色彩、声音、光影还会一一流淌和呈现。

　　秋天让人想到了杜甫。每到秋天，总会想到杜甫——一个萧条沉郁的人。也许我的骨子里本来就有一点杜甫。秋天还会让人想到马致远和《古诗十九首》，想到汉魏时代那黄苍苍、空荡荡、无边无际的大地。

　　秋天还让人想到那个遥远的名叫契诃夫的俄罗斯人——而"他在哪里？现在他是谁？"（《战争与和平》）。

秋天说来就来了。

秋天让人要么在生活中追问——而也许我们永远也不应该追问，不应该对生活有丝毫的怀疑——要么保持沉默。

最初的那阵秋风，将会进入谁的骨头，并在他最黑暗的地方停留下来，长久继续着自己荒凉的吹拂呢？

秋天来了。

是的，银白的冷霜将会在某个寂静的清晨降下来，空旷和清冽来到人间。树叶将会变黄、变红，纷纷扬扬落满大地。

秋天来到刘关庄

立秋后，树木仍然苍翠。这种苍翠年年总是要持续很长一阵子。夏天就像一辆刹车性能不太好的公交车，虽然到了目的地，但仍继续向前滑动一段路程；又像余音袅袅，在寂静中又孤迥地持续片刻。但早晨和晚上，尤其是深夜，气温下降得越来越明显。白昼明显变短。夜也越来越长了。"秋后十八盆，河里断澡人。"小时候，我就验证过这句俗语经验上的准确性。秋天总是首先来到人们的感觉里，带着更多的主观色彩。

秋天，那些洁净的羊，仍然吃着路边变黄的草叶。它们缓缓走过河滩，像云朵落到草丛上。牛在大杨树下卧着，反刍。牛的骨头架子刚长定型看上去就很老了，仿佛牛的生命里只有幼小和年老，从来不曾有过年轻。所以，它们才总是那么沉默、平和、深沉。偶尔一声哞叫，仿佛不是发自胸腔，而是传自某个年深日久的地方，粗重、顿挫，像把锋芒内敛的老刀，重重地划过空气，几片青青黄黄的杨树叶子，就咣当咣当掉在了地上。牛身上有太多悲壮的宿命性的东西。牛的生命里只有秋天——它像一片秋叶般静静安处在大地上。一些花麻雀，蹦蹦跳跳啄食熟落的草籽，飞起时，像平地窜起一股旋风。

墙头上的丝瓜秧子开满黄亮的花朵，秋天的花朵，开一个成一个果儿。眉豆秧子也浓绿一片，白花如雪，一排排眉豆就隐藏在那些绿叶间。院子里的果树挂满果实，方顶的或尖顶的柿子、蚂蚁尖枣、木疙瘩枣、红皮或白皮的大石榴，黄皮或褐皮的梨子，在阳光中闪闪发光。果树下的小木桌、平整的水泥地面、墙角的簸箕、水荆条编成的小筐、落叶与灰尘……这些贫穷或富裕生活中的欢乐、甘甜和秩序，这些亮丽的色彩。

咯吱咯吱的木板车从村口的水泥桥上经过，载着晒得干干净净的高粱、大豆或玉米，或者载的只是一车用来铺垫牛圈、猪圈的细土。拉车人往往是介于中年和老年之间的男子（年轻人大都到外面打工去了，剩下的都是一些拖家带口上有老下有小的人，还有一些老弱病残）。车子的木板由于常年风吹日晒已经开裂变黑，拉车人低着头，弓着背，目光浑浊，表情麻木，木板车的绳襻紧紧勒进他肩上结实黝黑的肌肉里。

天长日久，拉车人对他的辛劳早已习惯了。他拉的仿佛不是粮食或泥土，而是他一生的全部生活。他走进村庄，走进自己的院子。

他走过后，留下一种说不出的沉寂。仿佛这越来越浓的秋天，就是被他这样一车一车拉进村里来的——从遥远的高高的天空，拉到大地上，又拉到村子里。

秋天，太阳照到更多的地方。阳光中的村庄静若处子，远远望去，仿佛失去了所有的重量，空纸盒般放在天边，那么静，那么小，那么明亮。仿佛喊它一声，轻轻地，它就会向你走过来。

太阳还红通通的，天就起露水了。一缕炊烟升起来，静静地浮在树梢上，远远望去，有种恍若隔世的朦胧和美丽。然后，更多的炊烟升起来。炊烟在露水中不能飘得太高太远，这样，炊烟的生命才得到延长。一种虚幻长久地停留在天空中——整个村庄深深地埋在炊烟、雾气、露水、色彩斑斓的树叶和最后一片红通通的夕光中。偶尔，会从树林中传来一两声斑鸠厚重的鸣叫。

夜晚，星光满天。天空的弧度增大，高、深、远。天空后面仿佛还有很多即将降临到世间的一尘不染的东西。天空映在寂静的水面、空旷的大地上。黑暗中有零星的犬吠、清澈的光影、咳嗽和喘息声——人的、牲畜的，沉重或舒缓。

春天离生命最近，秋天离神最近，秋天更接近生命的本质。

夏天，绿叶铺天盖地。到了秋天，绿叶就开始变红或变黄，从枝上一片片往下掉。秋天一点点加深，等到一夜清霜，叶子基本上就掉了一大半。风吹来，叶子哗啦啦能落上好一阵子。蝉声早已消失了，候鸟也已经飞走。天空变得寂静、湛蓝和清凛——它的空旷一目了然。风吹着落叶，吹着一间间静悄悄的房子。世间仿佛千百万年来，什么事情都不曾发生过。一切都停了下来。只有秋天，秋天。风中有尘土的气味、清湛的天空的气味、阳光的气味、迟桂花和早菊的气味、落叶枯草的气味、陈旧的岁月的气味，空茫、细腻、清新、朴素。在这种混合的气味中，你会产生一种某件事情结束后短暂的空白感觉。这种气味，像梦中的一次抚摸般——也许不是抚摸，只是一种含糊的手势——淡淡地触动着你。

一切都变凉了。衣服加厚，身体需要温暖。秋天走过来，然后又慢慢离去。到处是看得见或看不见的告别。秋天带走很多东西，而刘关庄在所有的秋天中留了下来。

一个人就是一条路。

在最后的秋天里，那些从刘关庄走出的人中，能回来的，就纷纷回来了。在清晨，在正午，在夕阳中或星光下，他们的身影细小如蚁。那些不能回来的呢，就永远不再回来了。在异乡的秋天里，刘关庄是一支歌、一滴雨、一枚红枣、一粒灰尘、一点从天空跌落的星光、心口的一阵轻微的疼痛……秋风四起，一条路就是一个人，无数道路在大地上、在天空底下，向四面八方，向无数个方向，延长……

大雁飞到哪里

空气湿得滴水，这么湿的环境适合酝酿、萌动和生长。各种植物的混合型的气息非常浓郁，给人一种淹没感，无法描绘。太浓或太淡的东西都不适合描绘，比如火焰的灼热，比如炊烟和清水的味道。每一片叶子都沾满露水，一碰就落，明亮、脆弱而又坚硬。这每一粒"水晶"中都颤动着一颗小小的"心脏"。太阳照在一小片杨树林子上。先是照在树身上，树身向阳的一面红彤彤的，然后，阳光才照在树冠上。树叶稠密，乌沉沉的。严格地说，这时太阳还不能把这个世界照亮，只是给这个世界涂上一层美丽的色彩。芝麻的梢头开满钟形白花，垂挂着，白茫茫的，下面结满碧青的果荚，一级一级，这些果荚极有对称性。薄雾浮在上边，阳光一照，浑茫一片。棉花，大豆，玉米。斑鸠在远处鸣叫，千百种小虫鸣叫。教堂西南边有个小水塘，通往它的小径青草太深，露水太大，无法过去，只能看到上面有一团浓雾。总有一些地方，是我永远也无法到达的，所以，才值得我终生奔走。因为永远无法到达，所以才能让这一生有个永无终止的寄托。直到最近，我才慢慢明白，就是这么一个针尖大的地方，因为它的微小、它的平凡，所以才足够让我用一生的时间来抵达和发现。每一棵草、每一粒土、每一只蚂蚁，在它们的生命中，都蕴含着人类所有的共性和未知。有一大群鸟儿从东边飞来，无声无息，很快，我就看清这是一群大雁。它们排成一个大大的"人"

109

字。有意思的是，北面的那一撇，欲断还连着另外几只，到后来又形成一个小的"人"字。它们从我头顶飞过，平稳、浩大，很有气势。整个过程持续了三四秒钟。过了好一会儿，对着空荡荡的天空，我突然想用尽一辈子的劲儿，大声询问一声：大清早的，你们要飞到哪里？

芦苇荡

在我的家乡刘关庄和杨桥（邻村）的交界处曾有一小片狭长的沼泽地。那片沼泽地长满芦苇和杂草。由于我当时很小，那片芦苇荡就显得特别大。小时候，世界很大，大得让人害怕。长大后，世界小了，生活却变大了，大得有时让人无所适从。

可惜的是，等我长大时，那片芦苇荡却消失了。这辈子，我再也不能用一种成年的眼光来看它了。

那片芦苇荡是一个神秘的世界。大白天，我有很多次到那儿去玩。我看到风吹过来，密集苍青的芦苇叶开始沙沙响起来。风大时，芦苇叶波浪般一波一波接连不断地回旋，余波蔓延，芦苇荡深处仿佛正在进行着某种看不见的冲突或厮杀。风小时，只有芦苇叶尖在颤动，像一圈圈涟漪，这涟漪缓缓向里面荡去，消失在芦苇荡深处，寂然无声。

这个时候，我站在芦苇荡边，呆呆地望着芦苇荡深处，总感到里面有什么神秘的事情正在发生或将要发生。我被那种神秘的气氛深深吸引，却又从不敢向里面走得过深。苇叶苍苍，那么多高高的芦苇聚集在一处，本身就有一种神秘的气氛。而我之所以不敢向里面走得过深，是因为我有一种奇怪的感觉，我觉得我要是一直往里走，往里走……到后来，也许就会回不来了。

那时我家住在村后，而且是村子里最后面的一户人家。有时候，我感到我家那座房子孤零零的。这让我也感到孤零零的。夜晚，尤其是夏夜，我时常来到房子后面，眺望邻村一闪一闪的灯火。白天，我很快就能跑到那个村子，但在夜晚，它就显得很遥远（其实，我能隐隐听到从那儿传来的人声和更清晰的犬吠）。灯火显得更加遥远。此时，那个村子仿佛过着某种与我们这个村子完全不一样的生活。那种生活快乐而热闹。我向那片芦苇荡眺望，那儿黑漆漆的，什么也看不见。我想象那片芦苇荡，想到后来，总感到害怕。在夜晚，那个世界变得格外陌生，深不可测，完全被恐惧充满了。于是，我就不去想它了。我只眺望那一闪一闪的灯火。

后来，我读《圣经》，读到《旧约》里提到一种玉——水苍玉。我不知道这是一种什么样的玉，但我喜欢这个美丽的名称。在我的想象中，它有温润幽远的色泽。不知怎么，我的脑海里立即浮现出春夏之季，明媚的晨光中，那一片片苍青的芦苇叶子，每个叶尖都挂着一滴晶莹的大露水珠子，每个大露水珠子都含着一粒灿烂的阳光，仿佛永远也不会消失。是啊，在这个世上，所有美好的事物都应该在无情地流逝着的时间中永久停留。

我的外祖母住在我家。我和她去那片芦苇荡给我家那头衰老的黄牛割青草，每当她走进芦苇荡深处青草茂盛的地方，我就站在外面喊她。

我什么事也没有，但我得喊一喊她。

我担心她突然在一个神秘的世界里消失，从此离我远去。那时，我一喊她，她就回到我的身边。现在，我的外祖母衰老了。衰老是一种看得见的消失。我只能眼睁睁地看着她向着另一个神秘的世界一步一步走去。

外祖母是一株秋天的芦苇。她的生命里开始刮起一阵阵秋风。天气变凉了，夕阳祥和宁静，芦花泛白。

  我知道，在这个世界上，还会有很多美好的事物，在以后的岁月里渐渐离我而去。

安　静

秋天到了，大多数植物减缓生长速度或停止生长，开始自己的衰老。该留下的自会留下来，该离去的总归要离去。树木开始落叶，一片一片，树冠下面的先落，树梢上的留在最后。

最终，天空将变得空无一物。

很多昆虫在草丛中飞舞，很轻，很小。蝴蝶，金裳凤蝶、红翅尖粉蝶、虎斑蝶……蝴蝶也是一种昆虫。它们有着小小的身子和大大的梦一般的翅膀。唯美，脆弱，这应该是两个互为因果的词语。一切唯美的事物都很脆弱。唯美就是抽掉一切坚硬的东西，使自身变成一种柔情似水的依附和渗透。

远处的密林里，有一只斑鸠时断时续地鸣叫。初春的某天早晨，我曾在那儿听过这种鸣叫声。不知这是不是春天的那一只。但现在听来，不知为什么，我感到这鸣声有点苍凉。这鸣声唤醒我作为一个卢梭式的纯粹的自然主义者的那一面。我觉得，我是从古乐府中转世的某位无名的歌者。我这一生的任务，仿佛就是观看一个个擦肩而过的秋天。

在小路旁，常常看到孤零零生长着的大杨树，那么粗大的树身，那么高的树冠，树冠上长着那么多的叶子。没有风，每片叶子都一动不动。站在树下，你会感到整个世界都是一种安静踏实的存在。树木的高度、树木的物质性对时间的超越，让你感到自身的生命在这种自然层面

114

上的脆弱。

在西沙河东面的一个村子后，一只大鸟从一条两旁长满茂盛灌木丛和青草的小水沟里翩然飞起，然后迅速隐入附近的青枝绿叶之中。我没看清这是只什么鸟。我只看到它的翅膀是白色的，背部有一大片淡紫色。如果不是我惊动它，便再也不会有人去惊动它了。

绕过这个小水沟，我向那片有着斑鸠鸣叫声的密林走去。秋蝉在下午时分静悄悄的，只是在夕阳西下时才喧嚷起来。

夏天，寂静被深深包裹在声响之中；秋天，声响则被深深包裹在寂静之中了。

现在是夕阳西下，枝叶间的秋蝉好像商量好似的，突然一齐喧嚷起来。我一下子被这激越嘹亮的蝉声包裹住。斑鸠声是听不到了。

池　　塘

　　豆叶有的已经泛黄。豆荚也开始鼓起来。阳光中，豆地很静。但我知道，到夜晚，下过大露水，蝈蝈声就会响成一片。棉花棵开满浅绿色的花朵，也有绛红色的。层层叠叠的绿叶下，棉桃青郁郁的，把它们的温暖封存起来。等天凉了，它们再把温暖交给人间。玉蜀黍吐出火红的缨子，它们就像一群异乡人，在道路尽头，抱住它们最后的一点火焰。秋风在一瞬间就吹走了它们所有的咳嗽、汗水、贫穷、疼痛和梦想。

　　这个池塘在西沙河西岸、徐禅堂村村南。过了徐禅堂渡口，再向西直走半里地，就能看到它。池塘旁边还有一大片树林子。树叶有的犹自苍翠，有的已开始飘落。阳光白亮亮的。清朗的天空、光线，清凉的荫翳，树丫间露出的果实，空空的寂寥的鸟巢，风中的落叶。在树林中，我总感到一种莫名的激动。心中有一点点细微的幸福感，掺杂着丝丝尘埃的气息。有一点点挥之不去的微茫和苍凉，这是那种自遥远的汉唐传承来的很古老的心情。仿佛有一首古老的诗，在我身上深深扎下自己繁多的根须，然后茁壮成长，繁衍出更多的花朵和果实，最后通过我，来重新感受此刻的世界。

　　池塘一半在下午银亮的阳光中，一半在清爽的阴影里。池塘的水面长着几丛细小的芦苇，芦花还没有飞白。还有很多浮萍，萍花早已谢尽，只有一片一片圆圆的叶子。茂盛的青草从四周一直蔓延到水边。一只水鸟在另一边鸣叫，半天一声，半天一声，间隔太长了，像两个声音的木桩，中间是绷得紧紧的细铁丝般的寂静。声音瓷实、短促，又很有穿透力，每叫一声，都仿佛在我心中轻轻弹扣一下。我在池塘这边坐下来，凝神静气，竭力想看清这是一只什么鸟儿，但又不想去惊动它。它就隐没在水草深处，我始终无法看到。

我不知道这个池塘是从什么时候来到这片土地上的。它仿佛从一个遥远的过去走来——从一个古老的刮着大风的世界走来，走过一个又一个荒荒落落的年景，走过一个又一个春暖花开落叶凋零的四季更替，走过一个又一个生生死死的生命轮回。走着走着，它累了，闭上眼睛，圪蹴在这儿。梦想的脚步慢慢变成一片颤动不止的清水。最后，它深深陷入泥土，深深陷入自己的命运，不能自拔。

现在，我也来了。我曾经到过很远很远的地方。人世上，那些开满花朵的小路，我多想多走几次。

那些即将消失的小路，在它们消失之前，我多想都走一走……

这是一个多风多雨多阳光的平原。夏天，天空中和大地上到处是满满的青枝绿叶，风吹过，风声中充满丰富的细节和内容，风声听起来便很繁富。冬天，叶落归根，大地空阔辽远，天空钢蓝锃亮，风声粗棉布般在天上悬着，风声只是风声，风声中什么也没有。而现在是刚刚展开的秋天，风声清澈干爽。我在池塘边静静地坐着，风一阵阵刮来，把我心中的温暖一点点刮走了。天空越来越暗，我也慢慢变得空旷。在夕阳消失之前，我多想把这个池塘带走。就像小时候，在刘关庄，我和同伴们玩渴了，我们羊群一样俯身于村外的塘边痛饮。然后我们慢慢走回家去，小小的身体里波动不止。我们这些孩子走啊走，小心着不让那个池塘从我们的深处溢出来。

河　堤

　　我记得孙小庄后边那段河滩上窝着一大片李子树林。五年前的一个夏天，一场大雨过后，我曾去过那儿。我记得下了河堤，有一条小路，路两边是绿森森的高粱地，在李子树林外围，有一道用花椒树编成的篱笆。那些李子树叶又密又青，一个劲儿地从枝干中咕嘟咕嘟向外冒。一只黄鹂在鸣叫，声音呈螺旋状，婉转而孤零。

　　林子北面有一片荒地，那儿有座小小的土房子，空空的、荒荒的，没有人。我当时有一个奇怪的感觉，觉得这座土房子坐落在这儿已经有几千年了，而这几千年来它一直就这样空着。

　　五年后的今天，我再次来到这个地方，但不知怎么，那片李子树林不见了。那座土房子也消失得无影无踪，像是被一阵大风刮跑了。

　　无缘无故地，突然就刮跑了。

　　是的，每年秋天，大风都会刮走很多事物。

　　我沿着河堤向北行走。和上次一样，我也产生了一个奇怪的感觉，我觉得只要像这样走下去，就一定能再次遇上那片李子树林和那座土房子。

　　河堤两边长满各种植物，斑斓而驳杂：蓖麻、狗尾巴草、茅茅草、水荆条、茴草、接骨草、野蔷薇、杨树、香椿树、榆树、桑树、小叶桐、柏树、灰樗、柿树、酸枣树、苦楝树、紫皮楸树……有一些我不认识，还有一些我认识但叫不上名字。

一些植物在凋谢。一些植物在成熟。一些植物在作最后的生长。发生在夏天里的所有沸腾、挣扎、疯狂和失控都停止了。最后一阵生长的隐秘冲动，从根底一直传到最高的枝头。

天空一天比一天高了，一天比一天蓝了。

阳光照耀万物，生长和衰老都是静静的。世界一片明亮。秋天是从一盏最亮的灯里来的。秋天不是消失，而是一种长久的停顿。每一个春天，都仿佛是世上最初的春天，因为春天来自一个温暖的子宫，春天是繁衍，是一个纯洁的开始。而每一个秋天，却都仿佛是世上最后一个秋天，因为秋天来自一个理性的伤口，秋天是完善，是一个缓慢的结束。

江河行地，静水深流，清风穿林，天下落叶。我爱那些大风无法吹走的东西，树根、岸、石头，它们无声的存在就是一种巨大的力量。我也爱那些随风而逝的东西，落叶、花朵、种子。生命的细小、脆弱、降落与涌动。我看见风吹过茅草尖，那种细若游丝的战栗——每一丝战栗中都蕴藏着一场感性的小小风暴。这条河堤，也是无数条河堤。无穷无尽的河堤，没有开始，也没有结束。这条河堤，一直延伸到清旷的天空，延伸到浩繁的星群。

大地上，一条最长的虚线。

我在这条虚线上行走。如果我走得足够远，我想，我一定会在这条河堤延伸的部分与那些已经消失的事物再次相见。比如，那片盛夏的李子树林，那座小小的土房子。人世间，那些被大风刮走的东西，终归还会回来。

此时，我不索取，也不给予。我只属于我自己。读书，看落日，怀念过去的灯盏，在风中沉默。我仔细观看秋天如何缓缓来到人间。它的缓慢，几乎是叙述性的。也许，我最终能到达秋天那最后一朵花的深处——那最安静的地方。

鸟　儿

　　先是看到一只白鹭，是在贾顾庄后面大杨树林子中一个幽暗的小池塘边。白鹭一般是成群的，在这儿却只见到一只。它飞到那棵小杨树梢上，把树梢都压弯了。树梢一起一伏，像摆动的秋千，几片青黄的叶子悠悠落下。可以看到，这是一只很大的白鹭，比平时见到的要大得多。我站在那儿，怕给它带来更大的惊动，但当树梢摆动第五下时，它还是飞走了。它飞走后树梢又晃动了一下，接着又有一片叶子落下来。它展开翅膀时体积显得更大了。这时我开始怀疑这并不是白鹭，而是一只白鹤。

　　这个正在落叶的杨树林子很大，半个小时后我才穿过它。接着我走进一片樱桃园。老樱桃树早就落光了叶子，新生的小树却仍青翠欲滴。在一棵枯死的樱桃树下，我发现一株牵牛花。现在是十月中旬，落叶纷飞，花朵已衰老或正在衰老，这株牵牛花却花开正艳，花色绛紫。花蔓纵横缠绕在枯枝上，仿佛枯木逢春了。樱桃园中满是枯草，成千上万的麻雀在草丛中觅食。我拍一下巴掌，它们一齐飞起来。那一瞬间，天空一下子暗下来。

　　樱桃园西侧不远处就是西沙河。河堤上的香椿树上落满白头翁。这种鸟儿鸣声较为短促、响亮。还有许多叫不出名字的鸟儿。有的成双成对。有的是孤单的一只，它一动不动地立在某根细细的树枝上，只有当它突然飞走时，你才有可能看见它，这时往往已经晚了，你已无法把它看清，清寂的天空中，只盘旋着一个优美的黑影。还有的你只能听到它们的鸣叫声，压根就看不到它们。它们在树林中叫一下，接着又叫一下。不知怎么，就在这很短很短的间隔中，我的心突然有点苍茫。

堤坝上的臭荆条密密麻麻，高丈许。花朵秀气，淡白色，花茎很长，花瓣五片，呈星状。我仔细看了看，有意思的是，每朵花中伸出的长长的花蕊也是五条，和花瓣数相对应着。这些荆条每年冬天都被农民割去烧火，但第二年夏天，它们又一下子长了这么高。臭荆条丛中到处都是叽叽喳喳的麻雀，也有野鸭子。一只斑鸠飞向田野。一群鸽子飞过天空。在生活中，如果我突然沉默下来，那也许是因为我突然发现了美，也许是因为我突然想到那曾经在我生命中发生过的什么。在大地上，如果我停下脚步，抬起头来，也许那是因为我在天空中看到了鸟儿，或者我想看到更多的鸟儿。

柳　　林

　　这一小片柳树林子，就长在刘关庄西边那个小河湾里。小河湾只在夏天才蓄一汪清水，到了秋天，就变干涸了。湾里的草很茂盛。夏天青葱一片。冬天枯黄，草尖上常落着一层洁白的薄雪，黄昏，映着将落的夕阳，又红又亮。柳树林子很密，枝连着枝，叶连着叶。这一棵树和那一棵树，两者之间，有的长得很近。那年夏天，当我第一次看到它们时，我觉得它们只要离得再近点，再近一点点，某天深夜，在一个星光最明亮而又最寂寞的时刻，说不定就会突然走向对方，然后紧紧抱在一起。但这么多年过去了，它们又长粗了不少，却还是保持着一种无法消弭的距离。一棵树并不能走近另一棵树。摸着这些粗糙的树身，你会感到你摸的是一些层层叠叠的伤口，或者说是沧桑本身。

　　秋天了，风把树上的叶子一点点吹少。叶子一片、一片、一片……飘下来。我多想描绘出每一片树叶飘落的过程。我多么喜欢这种微不足道而又细致入微的事业。这些树叶那么轻盈，轻得它们的飘落简直像是一种无尽的飞扬。是的，也许我真的理解错了。从某种意义上讲，它们的飘落也许本来就不是下降，而只是一种反方向的飞扬。每一片叶子的离去，都是一次告别。对叶子来说，是永远的告别。对树来说，是又一次的告别。站在林子里，你会觉得，这些树一年又一年，长了一个又一个夏天，就是为了来承受这一个个的秋天，来承受这一次次的告别。

这么多叶子，它们不声不响地飘落着。树上仍有很多。你看不到树上有什么东西在减少，仿佛这些叶子永远都落不完。但巨大的改变往往是从细微之处开始的。直到有一天，你会突然发现，整个小树林子不知何时早已变得赤裸裸的了。这时你才会想到，有些事情还是被你再一次忽略了。天空中的枝条清晰可数，齐刷刷的。在最偏远的枝上，有个鸟巢露了出来。这个时候，你会发现，还有更多隐蔽的事物，现在都显现出来了。

每一个枝条都变凉了。

风吹过来，你的心会不由自主地跟着枝条一起拂动。吹过柳树林子的风，又吹到人身上。你会感到风里存在着一种说不清的东西。也许，说出这种东西，需要用尽一个人的一生。

有一天早晨，踩着满地大露水珠子，我来到这个林子里。两只花喜鹊在枝上大声鸣叫。天空幽蓝深远，更高的地方仿佛充满某种神谕和未知。太阳刚刚升起，硕大无比，浑圆饱满，开始通红通红的，后来变得耀眼。普天之下，到处都是阳光。

肖 口 镇

　　这个小镇叫肖口。在北方平原上常常可以看到这样的小镇，破败，杂乱无章，新旧交替，有着模糊不清的边缘，深深埋在灰尘里。西药房，手机维修部，卤肉店，日用小百货店，摩托车经营部，家具店，农用品专卖店，浴池，理发店。镇子一东一西分别有一个小小的汽车加油站。传说其中一个加油站中有个漂亮的女孩子，她年轻而丰腴的身体有着超越道德规范的自由和随意。镇上好多男人都曾与她有过彩云追月般的风流韵事。与她有关的故事无不香艳绮靡。

　　镇子附近是一座一座的村庄。万木萧萧，似乎几千里几万里都在落叶，几千年几万年都在落叶。落叶把整个村庄都覆盖住了，像一场陈旧而致命的大雪。落叶仿佛覆盖着许多世尘之外的东西，覆盖着许多从天上掉下来的东西。村庄静悄悄的，似乎世上所有的村庄永远都是这么静悄悄的。

　　下午的阳光，明亮，充盈，铺天盖地，世界清晰得有了凛冽的质地。

　　镇子西头，路北，村口有个打面机房。机器嗡嗡，面粉飞扬如雪，人从外面的天地中悠悠走来，走进一个小小的房子里，然后再走出，走回悠悠天地中，一进一出之间，人就"老"了，须发皆白。打面机房北面有两个池塘，中间隔着一条细细的土堤，几只雪白的大鹅静静地浮在水面。我在池塘边站了一会儿，看几个人拉着一板车麦子从对面走来，他们的影子从水面静静掠过，恍惚间水中仿佛有着他们说不清的前世。明年，池塘中也许会浮起一大摊莲花。

这个下午，开始，我感到无处可去，但又不想停下来。后来，我从镇子北面走到镇子南面。镇子南边有所乡村学校，青砖红瓦，红色的围墙，几株雪松的绿梢从墙内升起。不知怎么，当我经过时，我对这所学校产生一种莫名的好感。我突然想在这儿当一名教师，一辈子教书育人，与世无争，默默无闻地过此一生。我知道，这个突如其来的念头与其说是一种质朴的浪漫情怀，不如说是一种不自觉的自我逃避。最近两年来，我感到自己的生活深深陷入一个黑暗的低谷，我在竭力维持着内心的平衡时却又常有崩溃感，焦虑不安。我的高尚、狭隘、脆弱、敏感、善良、自私。我内心的风吹草动。我感到我的内心与现实之间的关系从没如此紧张复杂过。一个秋天过去了，又一个秋天也即将过去。两个秋天让我过得倍感漫长艰难，仿佛把一辈子的秋天一下子都过尽了。我能感到自己在一点一点地老着。我的双手慢慢松开，然后攥紧；然后又松开，又攥紧。我离一些东西越来越远了，我离另一些东西越来越近了。基督啊，佛啊，这究竟怎么了？为什么会这样？！我相信自己一定能泅渡出这种内心的旋涡，一定。一定有一种力量可以让破碎的生命慢慢走向温煦、祥和、坚定和稳妥。

一片树林。一个弯腰驼背的老太婆，七十多岁了，皱纹满脸，岁月在她脸上烙下密密麻麻的老年斑。她已经没有牙了，嘴唇塌瘪下来。从她身上，我能清楚地看到她生活中的孤寂，许多乡村老人特有的无法消除的孤寂，一个人生活时的孤寂。她在树林里扫落叶，动作迟缓。动作也衰老了。她扫好几堆，然后把这些落叶堆在一个破旧的粗布被单上，蹒跚地把它们背回家。她把这些落叶当柴烧。这些落叶可以使她的冬天变得温暖和明亮。一个人老了，然后死去，但是那个人的温暖还会在这个世上延续一段时间。

一个人死去，在其他人心里留下悲伤和温暖。这样，他死了，其他人还替他活着。

我一直走到田野中去。有几个人在劳作。麦苗钻出地皮儿了。绿色在大地上继续。天太高了，地太大了，风吹着，人在这么大的空间中劳作，看上去有点孤单，仿佛风再大些就能把他们吹走似的。

这个下午，阳光明亮，风一直在吹。天空清虚而静谧。

有空间的地方就有寂静。我的生命中有着太多的空间，这让我开阔而孤单。风一阵一阵地吹着，从时间深处吹着，从不可知的地方吹着。风从天空吹过，从大地吹过，从每一个人心中吹过。风在我心中停留更长时间，然后走远。有一些东西永远留下来，有一些东西慢慢消失。就像一些人在另一些人心中停留，一些人在另一些人心中消失。

有的人属于天空，有的人属于大地。

落　日

　　十一月十五日，在西沙河东岸观看落日。周遭是杨、桑、槐、榆等杂树。黄叶无风自落，无缘无故似的，突然就落了。林间秋意尤浓，有萧条感。仿佛不是秋天的物象在衰败，而是秋天本身在衰败。仿佛秋天不是一种事物的表象，而是所有事物的本质。此刻秋天就是一切。16:55，太阳还不可逼视。水面上的光芒和天空中的光芒相互碰撞。三只白鹭在一片璀璨的光芒中翩翩飞过。它们离水面很近，倒影异常清晰，恍然间我把它们当成了六只。它们向南边的水面大约飞了三十米，突然又折了回来，继续向北飞去，很快就不知所终。17:10，太阳的光芒明显变得柔和了。17:23，太阳呈现出清晰的轮廓，光芒呈橘黄色——也许说光线更准确些。17:24，一只大鸟在西北方向的天空飞过，翅膀一动不动，张开如扇面，平衡滑翔了五秒多钟。那一刻，我想在天空深处筑巢——哦，我终将在天空深处建一座灵魂的居所！夕阳的直径很大，越来越大，把河对岸杨树林带间那个巨大的"V"状缺口填得满满的，看上去有膨胀感——好像那个缺口是被夕阳在坠落的过程中硬生生地撑裂的。五只白鹭从北边的水面飞过来，不知其中是不是包括刚才的那三只。我想应该包括。17:30，夕阳膨胀到最大，猩红、饱满、宁静、庄严。这是夕阳最美丽的时刻。17:32，美达到了极致。此时，夕阳成了一种最纯粹最主观化的感性事物。此时的夕阳几乎不再是夕阳了，只是内心深处一种异常鲜明的感觉。17:35，夕阳消失，突然就消失了。最美的时刻总是很短。

蝉 声

教堂大门东侧有一小片杨树林，我数了数，恰好十棵。又数了数，还是十棵。这个数字真好。白露早过，已是秋分。秋天已经很深了，树叶仍然茂密苍翠。清肃的暮色中，树上还有蝉在叫。是身体很小的蝉，色如浅玉，也有的呈淡灰色，我们这儿叫作"伏嚷"。也有老年人叫作"亚蝴蝶"，我怀疑这是一个惟妙惟肖的象声词，因为这种蝉的鸣叫声婉转悠扬，抑扬顿挫的节奏感十分鲜明，越仔细听，越像这三个字的歌唱："亚、蝴蝶——亚、蝴蝶——"可惜我不会谱曲，否则就能把这种蝉的鸣叫声准确无误地谱出来。还有一种比这更小的蝉，瓦灰色，状如指甲盖，这儿的人们称之为"秋嚷"。在我们这儿，有好多事物，都是祖先们根据它们自身的特征去命名的。他们有他们自己的发现和理由，他们一代一代，创造了一个属于自己语境的小小世界。

这种蝉声很亮烈，我分不清是一只、两只还是几只在叫。如果是一只，我觉得从这么小的身体里似乎不太可能发出这么大的声音。如果是几只在合唱呢，我又觉得声音不可能这么整齐。而正当我侧耳倾听仔细分辨时，鸣叫声却戛然而止了。我静静地站一会儿，能听见露水珠子从一片叶子上轻轻跌落到另一片叶子上的声音。

暮色浓了。天空由深蓝变得幽蓝，像个玻璃瓶，透明，无声无息。

人在瓶中,是小小的昆虫。人走不出去。但人在天地间,就应该有人的大自在。人在人的一生里,唱自己的歌。——在最初和最后的时刻,唱自己的歌。

黄 昏

树叶快要落光了，树木露出粗糙的肉体。天空显得清旷。空气中飘散着尘土温厚质朴的气味，还有燃烧枯叶时或浓或淡的烟味。

再过一段时间，秋风就会吹疼一些人的心脏和骨头，吹走一些人世间的温暖。秋风吹向很深很深的地方，于是，衣服里的身体变得孤单，眼神游移不定，伸出的双手也变得迟疑。

候鸟绝大部分飞走了，但在一株老柿树的枝上，还停着几只哑哑鸣叫的黑老斑。这几只候鸟的无动于衷，让我有点替它们担心。柿子都被摘去，树上只剩下几片猩红而稀疏的大叶子。

林中有两只灰斑鸠在不停地鸣叫，一只在这个方向，另一只在那个方向，相隔很远。它们彼此应和，彼此呼唤，却又不飞到一块去。

此时的秋天看上去不是斑驳，而是残破。我看到了大自然又一次的风烛残年。

但我热爱这种曲终人散式的萧条，这种无法阻挡的悲情衰落。它至少证明悲欣交集的生命曾经那么无拘无束地辉煌繁盛过。

一只小小的白蝴蝶，在空旷无边的天空中飞舞，那么空灵，那么轻盈自如。活着不应该总是想着索取，要索取就向这个世界索取如何超脱。这只蝴蝶，它把自己一点点掏空，直到摆脱了自身所有的重量，直到它彻底变成自己的影子。现在它只剩下这种难以言喻的轻盈。这使它

131

行云流水般的飞舞看起来就像是一种无所依傍的飘浮。

大豆收割完了。玉米也回到了谷仓。但有几株枯黄的玉米秆还在空荡荡的田野里站着，就像有的人，走不回家了，寸步难行，满怀苍凉。

夕阳挂在一株枝条扭曲的大皂角树上，像一枚红果，非常宁静温婉。缓慢下降的事物大都给人带来一种宁静温婉的感觉，比如，柳丝、雨线、落叶、缓缓垂下的眼睑，也许因为下降意味着某种结束、完成、停止或消失。这落日有着一种古代中国式的宁静。

我多少次看过这落日了呢？以至我的生命里也充满了落日，充满了一种落日的宁静。也许在我刚出生时，我的身体里便布满了许许多多的黄昏，有自然的，也有文化的。但这落日是一个幽美深宏的开始，而不是一个沉默无言的结束——夜、月亮、星光、灯盏，还有那么多的露水，最后是一阵清澈的虫鸣……

空 林

去年深秋，我曾到河滩上这片杂树林子里看过落日。今年这个时候，这儿的秋天还和去年一样。风从高高的树林上空吹过，风里有着杜甫苍凉悲壮的诗韵，有着秦汉时代遥远的心跳和歌哭。风里有着旧时代的永恒的神灵。天空没有一丝云彩，没有一点渣滓，明朗、开阔、高远。只有秋天的天空才会如此纯粹渊静。站在这儿，天空又仿佛离你很近，贴心贴肺。它似乎是一种清澈清凉的流汁，渗透你整个身心。

早小麦已经拱出地皮儿，又细又软，绿油油的，嫩得出水。这么娇弱的绿苗，竟然能够抵抗住日渐迫近的北方严冬，想想真让人惊叹。晚小麦正在播种。河滩上面的土地上，一个满脸胡子的老汉正在耕种，他把挑拣好的麦种倒在耧斗里。他没喂养牲口，他的儿子大概到外地打工去了，家里没有其他男劳力，老汉就让他的儿媳和老妻在前面拉，他扶着耧把跟在后面。他的双手轻轻摇动着，动作均匀，看上去极有韵律感。劳动是幸福的，因为劳动使生活变得单纯充实。

与老汉相比，我就不行了。他的劳作是实实在在的，浸透着世尘的汗水与辛劳，而我却在另一种土地上耕种和收割。在那片虚无的土地上，也许我会颗粒无收。我的劳作是孤寂的。不过，这又算得了什么呢？孤寂一开始也许只是一个人的需要，后来，却慢慢变成一个人的命运。

133

离这儿不远，在南面那片土地上，有个衣衫破旧的妇人在弯着腰摘棉花。面朝黄土背朝天，一生远离繁华，一生只有贫穷。这个妇女，她老了，她的身影看上去很枯瘦，像一片孤零零的叶子。她的生命已失去了青春的光彩和水分，只剩下一些枯索、脆弱的东西，只剩下一把骨头。风从她的一生吹过，会发出一种金属的声音，铮铮作响。想一想，如果让我来替她活这一遭，如果把她的一生交给我来过，我真不知道，我该需要用多大的力量才能去承受。

树林又空又静。到处都是风声。满河火红的夕阳。我有源头，却不知道终点。我有先辈，却没有子嗣。我和万物一起生长、衰落，但我愧对大地和天空。我只有浩茫、悲悯与无言。

一 棵 树

树落光了叶子，枝是枝，干是干，粗粗细细，疏疏散散，收不拢自己，就在那儿不声不响地站着，骨扎扎的，又瘦又硬。从旁边走过的人，抬头看了看，觉得它又高又大。然后那人走远了，很远很远了，又回头看一看，看那棵树。那棵树矮了，小了，贴着天边，身子骨不见了，只剩下一道虚虚的影。

他自己也被天空罩着，是地平线上一个小小的黑点。

一般来说，在北方的平原上，树总是显得很老，比如枣树啦，桑树啦，楝树啦，棠梨树啦，刚钻出地皮儿就老了。很多东西，一忽闪就老了。没有叶子的树就更显老了，浑身上下都是裂口。

树苍老地活着。

秋去冬来，树也总显得很瘦，再粗的树也显得瘦。

树哪儿都不能去，一辈子就窝在一个地方，一辈子仰首看着高高的天。这是树的命呀。树只好根往深里扎，梢往高处走。天蓝了，天灰了，斗转星移，时光很长，时光很短。树一直看着天，看着那很深很深的地方，一直看到那一方蓝蓝的旮旯儿里。

傍晚，从树旁经过的人，有一点感动。多美啊，红红的夕阳（天空眉心处的一颗痣），一缕最后的植物微茫的气息，沉静的秋霞，天空中归鸟的鸣叫。

135

　　雀儿在树枝上叽叽喳喳地叫。雀儿从这棵树上飞到那棵树上，从那棵树上又飞到更远处的树上。雀儿的活动总是无缘无故的，所以也总显得轻盈活泼。它们怀着一种小小的愉悦感活在世上。

　　天黑了。太阳走了，月亮来了。

　　秋去冬来时的月亮最好。

　　空气清凉，但还没有变冷。空气中充满了"银子"和露水——很快就要下霜了。

　　月亮就在树梢上挂着。树叶没有了，哗啦啦的歌声也停了。歌声也老了。而那不多的几片叶子，那些枝条，倒有一种萧条清冽的美。

　　月亮很静。

　　很高很高的地方，很静。

　　这个时候，望着月亮，想说什么，又不想说什么，很多时间就过去了。

牧　鹅　人

　　这两天，天气突然又热起来。鸟儿都出来了，鹡鸰、麻雀、喜鹊、白头翁，还有斑鸠。鸟儿对天气非常敏感。它们在天气晴朗的时候比较活泼，鸣声欢快。

　　西沙河则显得格外安静。夏天的时候，满河的水都向南跑。现在河水都不走了（大地之上，一种曲折漫长、不知所终的停留）。

　　柿子园旁边的那片河滩上，那个牧鹅人不见了。他是什么时候搬走的呢？

　　他仿佛在这片地方留下了一些很寂寞的东西。不知为什么，人只要在某个地方生活过，离开后总会留下一些很寂寞的东西。这种东西在空气中久久不肯消失。

　　夏天的时候，到傍晚，千百只大白鹅嘎嘎叫着，从河里摇摇摆摆走上岸，栖息在那片青杨林里。一摊血红的夕阳在河里静静地铺着。喧闹的鹅群要好大一会儿才能安静下来。青油布帐篷处，那条和善的大黄狗则一动不动地卧着，静静地望着远方。到了深夜，星辉斑斓满河。如果下雨，无边的雨声非常响亮。

　　现在，这片青杨林的浓荫已经消失，枝条变得光秃秃的了。而那群大白鹅呢？它们去哪里了？

　　我站在河边一动不动。这片地方显得多么空啊。后来，我想，那群

137

鹅一定顺着河流游啊游啊，游啊游啊，一直游到秋天和大地深处。秋天消失的时候，我想象在河流的某个拐弯处，牧鹅人一吆喝，它们扇一扇翅膀，于是一齐变成了飘飞的云朵。它们带着那种无尽的漂泊，继续向某个未知的远方走去。

就这样，它们最终来到了天上。

但它们还不会停止。反正我是这样认为的。它们在冬天某个宁静的黄昏，肯定又会变成满天纷扬的雪花。

我觉得我再也不会看到那个沉默的牧鹅人了。我就像那只大黄狗，站在河边，一动不动，静静地望着远方。牧鹅人也看不见我。他在天上仍然安静地放牧着他的鹅群。

他肯定压根就不会想起来，夏天的时候，有一个人，曾从河边他的青油布帐篷旁走过。

秋天的四十个细节

一

傍晚，太阳刚刚下去，天还很亮。水面很幽静。天空映在水里，水变得亮了，深了，蓝了。一只红蜻蜓在水面飞来飞去。红蜻蜓飞得再快，也发不出一点声音。后来，红蜻蜓突然落在露出水面的一根短短的枯枝尖尖上，长时间一动不动，就像枯枝新长出两小片红红的叶芽芽。枯枝什么也没有了。其实红蜻蜓不是它的。从很远的地方，传来灰斑鸠的叫声，高一声，低一声，传到这儿，就很小很小了，只有一点点。

二

在树林稀疏处的小水洼旁，总会有一只、两只或一群美丽的白鹭静静地站在那儿。每次我总是在它们突然飞起来时，才能发现它们。我遗憾自己一直没能清楚地看到它们。树叶开始落了。苍青的叶子也会落下来，一片一片地往下落，就像猛一下子从枝上失足，轻轻地惊呼着，一头跌了下来。到晚上，树叶依然会一片一片从很高的地方落下来。小水洼里映满秋天的明亮的星宿。那是另一群白鹭，到天亮时才会离去。落到小水洼里的叶子会把那群白鹭惊得纷纷跳起来。

三

葫芦花黎明开放，晚上就老了。它的美丽不超过一天时间。这种花儿洁白纤弱，结出的葫芦却很大，真神奇。日本的《源氏物语》里写到过这种花儿，把它叫作"夕颜"。这就成为诗了。葫芦在我们的《诗经》里被称为"匏"，又名"瓠"。"匏有苦叶，济有深涉。"如今，《诗经》里的古老世界早已被无边无际的秋风吹走了，但《诗经》里的爱情仍然留了下来。绿色的藤秧爬上树篱，葫芦从上面垂下来。这大地的乳房，抒情、甜蜜、浑圆，线条优美、生动、柔和，充满生命力。我就是那个抱着葫芦不开瓢的人，和万物心有灵犀。我多想把这个世上所有美好的事物都深深藏在自己的心里。就这样，我在秋天里越陷越深。

四

秋天一到，寸草结种。稗子草、毛缨子草、茅茅草、狗尾巴草、茇茇草，它们在秋风里轻轻晃动。草丛里有很多虫子，它们的鸣叫声清澈明亮，像细碎的雪花银。草没有年轮，要么悄然而死，要么倔强地活着。草不需要历史、永恒、时间、记忆之类过于宏大空洞的东西。草唯一拥有的，只是它自己。在这片土地上，这些草——叫得出名字的和叫不出名字的——在越来越大的秋风中结出更多的种子。它们就这样继续着自己古老低微的生存。还有一些草，活着活着就永远消失了，它们是苍耳和蒺藜。

五

整个上午，我都坐在那儿，看叶子不时从树上落下来。我尽量坐得离那棵树远些。在严霜到来之前，这些叶子只能慢慢地落，一片一片地落。我就这样看着叶子一片一片地落。这些叶子从树上落到地面的过程多美啊，仿佛叶子不是彻底死去，而是重新获得了生命。当上一片叶子落下时，我总是猜不出在这么多叶子中，接下来落下的应该是哪一片。等到这些叶子落光时，这些枝条是不是会有一种轻松的感觉呢？明年，枝上还会长出这种叫作叶子的东西。我信这一点——现在，我尽量让自己对这个世界信得更多。当然，在我不信的时候，枝上照样会长出这种叫作叶子的东西。但是，在我信的时候，叶子、枝条、树木，甚至整个轮回的春天，就会与我发生一种内在的联系，甚至成为我最美好的那一部分。而在我不信的时候，明年那些叶子再美、再绿、再真实，对我而言，又有什么意义呢？

六

到最后，一切都会变得简简单单，一目了然。树木减少自己的茂盛，花朵减少自己的开放，鸟儿减少自己的飞翔。有一些减少是看得见的，有一些减少是看不见的。秋天在不断地减少自己，直到秋天彻底成为秋天，直到秋天只剩下天空、大地、风和阳光。当然，还有果实和种子，这些是不能减少的。我也在不断减少自己，有一些减少是疼痛的，有一些减少是幸福的，直到最后只剩下真、善、美。当然，还有爱，还有一把骨头，这些是不能减少的。世界变得越来越蔚蓝、辽阔、明亮、温暖。

七

太阳还没出来，我就出来了。鸟儿也出来了。鸟儿总是比太阳出来得早。早晨潮湿而清凉。露水珠子真多。露水珠子挂在草上、庄稼上、树叶上。这些东西都很干净。什么样的树结什么样的果，那些开始变香、变甜的果子上也挂满露水珠子。鸟儿飞来飞去，翅膀湿漉漉的。鸟儿碰落了很多露珠。我从湖边的草地上走过，也碰落很多露珠。这些露珠，这么美丽、纯洁、清澈。每碰落一颗，我都感到像犯一次很大的错误。我不愿惊扰这世上任何一种美好的事物。我只愿轻轻地来，轻轻地走。太阳出来了。原来光芒一直都在天上，宁静、明亮、温暖而仁慈。露珠滚滚，被阳光照得闪闪发亮。我如果是一株植物，一株沉默又卑微的植物，现在，我身上也肯定挂满露珠。

八

风很大。风把庄稼、树木、河流吹动，把这小小的北方的村庄吹动。两只鸟儿在风中飞着，看不清它们的翅膀。它们飞远了，消失了——它们会消失在哪儿呢？风吹过大地。大地上的那些相爱者，有的在风里紧紧抱在一起；有的被风吹散，像两粒沙子，变凉了，永远走不到一块儿了；还有的正一点一点在风里靠近。风慢慢把大地吹凉。我相信，一定有一个悲悯的神灵在这片土地上存在着。但我永远也找不到她。风吹万物——人类的幸福、苦难、命运……而这风是不是也在吹着这位永恒的神灵呢？她是不是也会像我一样，感到有点凉？我知道，她就在大地深处。在宁静的星光闪闪的深夜，我能感受到她神圣的无处不在的照耀。当然，我知道，她是爱我的。她爱我，但并不是因为我总是坚强的，而是因为我时常怯弱；不是因为我总是镇定的，而是因为我时常畏惧；不是因为我总是富有的，而是因为我时常贫穷；不是因为我总是明亮的，而是因为我时常黯淡。我还知道，她永远不会遗弃我。她也永远不会遗弃一只虫、一棵草。她承载着我的全部生存——我短暂的生，我永恒的死。是的，她就在风里，在这片寂寞、丰饶、古老的土地上。

九

月亮刚升起来时，显得很大，像小时候村子后面的石磨盘，清静端稳地屹立在地平线上。这个时候的月亮虽然还不明亮，但形状是最好的。我喜欢日出的一刹那和月出的一刹那。这种喜欢里还带着很深的感动。月亮很快就照亮了村庄、桥头、庄稼、池塘、道路……它照在高处，也照在低处；照亮大的，也照亮小的。树的影子又稀又大。尘土静下来，落回地面。月亮也照亮了尘土。月亮还照亮了青草。越微小，就越容易幸福和喜悦。我没有一棵草得到的月光多，因此，我并不比一棵草富有。夜长了，月亮要在天空走很远、很寂寥的路。我在大月亮底下走多长时间，大月亮就把我照亮多长时间。我和月亮之间的关系，就只是这样的了。我在尘世上走，月亮在天空中走。这是我与月亮的区别。

十

通过一朵花，我把自然想得太美，就像通过一个女孩子，我把世界想得太纯。风穿过篱笆，静静的。有一些留在这边，有一些留在那边。这边的风望着那边的风。那边的风呢，也望着这边的。紫眉豆的叶子青绿，秧梗却是绛紫的。紫色的花朵和眉豆，也是静静的。花朵有一些开了，有一些还没开。几株烟草的阔叶子还是那么肥厚，我掐了一点，揉碎，闻到一股类似炊烟的味道。我喜欢这种味道。在路边，我还看到几片豇豆秧。豇豆角已经陆续成熟。不知怎么，现在，这儿的人们很少种这种作物了。阳光明显变亮了，变清澈了，带一点宁静的无法捉摸的梦幻质地，似乎少了一些什么，又多了另一些什么——这阳光让我想起很久以前，那盏挂在老家房檐下的马灯，想起高远的蓝天下，那座贫穷的黄泥房子。我的生活应该松弛、自然、质朴。其实这也就是一种秋天的风格。正如 19 世纪英国作家托马斯·卡莱尔所言："人不能永远生活在和他周围的一切形成尖锐讽刺的对比中，他最终必须回到与自然的再次交流中来。"而明朗温和的初秋时节，正是人类的心灵与外界最为通透无间的美好时刻。大地抚慰着心灵，心灵拥抱着大地。

十一

阳光照在辽阔的大地上。每一条道路都伸向远方，都走远了，远得永远都没法儿回来了。道路越长，就越寂寞。这世上的道路，都在一起连着呢，无数的牵牵连连，息息相通。说到底，所有的道路只能算是一条。我随便踩着一条就向前走去，走着走着，不知道自己到底能到哪儿。这种感觉很微妙。我想，我是走在路上呢，还是走在历史或时光深处？我走了多长时间呢？一瞬间、一小时、一年、两年？还是我生命中的整个三十四年？但又分明感到不仅仅是这些时间，仿佛用了漫长的上千年——仿佛我的生命并没有一个具体的开始。在我出生之前，另一个漫长、古老的存在就一直在深沉有力地呼应着我。不知从什么时候开始，人类心灵深处，那种古老、质朴的安宁感和平实感没有了，那种对生活的巨大信任感——即使在困苦中也仍然坚定不移地怀着美好的希冀——也没有了。取而代之的，是对生活持久的怀疑，和在持久的怀疑中的慌乱、厌倦与挣扎……阳光多么明亮，树上的叶子开始黄了，但大部分还很青翠。一片叶子，要经受多少风雨，才能抵制住变成花朵的诱惑呢？还有，一棵树，要度过多少春秋，才能让自己不再梦想成为一座森林呢？在界限消失之后，叶子就是花朵，花朵也等于叶子，一棵树可以是一棵树，也可以是整座森林。我感到我不是一个人，我是一种生命的浩大综合。这种想法让我慢慢在生活中安静下来。我开始产生这样一个信念：命运让我是什么，我就应该让自己成为什么。花很美，叶也很美。

十二

西李庄最东边，刚下沙河大坝，就是一座旧房子，许多年来一直无人居住。院子里的草长满了，要想进去，很不容易。院子东边，靠近坍塌的厨房，有两棵果树，一棵是梨树，一棵是柿树。最近几年来，我说不清有多少次经过这儿了。我没法忽略这所房子的存在。今年，梨子一个也没结，柿子倒结得满满的。今天，我又一次经过这儿，我看到满树的柿子都红了。主人不在了，这些果实，谁会来采摘呢？果实这么多，这么美丽，它们一定在承当着一个离去者的存在。一种大的生命永远贯通于天地万物之中。从这种意义上讲，大地上，那些死者其实并没有真正离去，他们一直就在我们里面活着。他们通过我们，通过其他事物，仍然以无数种隐秘的方式持久地存在着——这些果实是谁呢？这些鸟儿是谁呢？这些河流和池塘是谁呢？生命与生命相互轻轻地呼唤着。真的，走在这片土地上，一不小心，说不定就会踩疼一粒沉默的尘埃。

十三

黄昏，走在落叶满地的树林中。心里很平静，但又有一种说不出的极其细小的感动。这种感觉，类似于忧伤，又不是忧伤。更多的天空从树梢上露出来。世界这么静，阳光这么静——阳光呈现出纯粹的金黄色——只有落叶声。杨树的叶子很大，一片一片地落着。曾经稠密浩大的绿荫，现在变黄了，一点一点回到地上。树林、阳光、落叶，这就是我此刻的世界，一个向下的不断深入大地的世界，单纯而明亮。生命如此简单，为什么还要寻求更多的意义呢？这说明你已经对它产生了怀疑，首先就不信任它了。你要做的只是，守住内心深处那一片渊静、清凉、蔚蓝的虚空。

十四

雾是五点左右大起来的。这时天才有一点麻花花的亮，像一张薄薄的窗户纸，一捅就破。虫声疏细。一棵一棵的树，比平时显得静，仿佛随时要到哪儿去，又仿佛刚刚在这儿停下来。一个湖，凉了，虚虚地涨向天空。能离开自己一会儿，多好啊。湖边那座看守石榴园的房子，也比平时显得静。房子老了。看到老房子，我总感到一种来自生活深处的寂寞。满园的石榴，有红皮儿的，有白皮儿的，红皮儿的个儿小，白皮儿的个儿大。两块衰老的玉米地，一块在这儿，一块在那儿，那里面的雾比外面的浓得多。雾里有一种很深的寂静。这种寂静是一个太空旷的世界，让人忍不住想走进去，至少想在那儿待一小会儿。有时候，我会感到没地方可去。上哪儿去呢？还没走多远，就老了。世界越大，越感到没地方可去。就像一个人，在很深的夜里，找不到有亮光的地方，只好耐心地在黑影里坐着，把天一点点等亮。慢慢能看见很多东西。愿意看见的，不愿意看见的，都看见了。

十五

果实少了。村头河湾坎儿的那株满身疤痕的老石榴树上，还剩下两个圆圆的红石榴。它们就在同一根细瘦的枝条上，离得很近，一个大些，一个小些。它们就像两个美丽的小女孩儿，被世界遗忘了——父母走远了，不再回头。两个孩子，大孩子照看着小孩子。到了夜里，秋风紧了，把它们刮得冰凉。

十六

这个世界已经变得过于烦琐难解。人类的生活、心智、思想、感情越来越精细复杂。而这最终有什么意义呢，如果这一切不是把人类的生活导向一个更为幸福的状态和方向？生活中的诱惑和欲望变成了生活的主要内容。我常想，那种淳朴、自然、单纯、简洁的生活现实与精神世界难道不值得继承和提倡了吗？难道它们再也不会回到我们生存的大地上来了吗？

十七

九月下旬，下午，我乘船到西沙河对岸去。黄豆大部分已收割了。稀疏的玉米田也现出衰枯模样。红薯秧子还很青绿，只有严霜到来之时，它们才会在一夜之间骤然变蔫。河沟畔的芦花即将飞白。一只独木舟孤独地搁浅在岸边。它意味着，一个生命走了。但有一天，也许还会回来。枯草丛里也许有鹌鹑或野兔。树林子静悄悄的——对我来说，这是一个多么单纯而又深邃的世界。甚至可以说，每一片树林都是无限的。一年四季，树林的每一种变化都清晰可见，有着极强的规律性，但与此同时，又有着难以察觉的细微差异，这种差异往往只有用心灵的全部力量才能感受到。候鸟都飞走了。在这片土地上，一般来说，只有候鸟才会歌唱。留鸟发出的声音只能称作鸣叫或啁啾。深秋或冷冬，体积小的鸟儿，声音短促、细碎；体积大的鸟儿则往往长时间沉默着，偶尔鸣叫一声，声音显出很强的爆发力，空洞中又透着一丝沉郁和悲壮。地上到处是厚厚的落叶。落叶很干燥，踩上去发出金属声。有几个村民正在把它们扫拢，收回家当柴薪。这些盛夏的绿荫，大部分回归泥土，小部分变成了炊烟和火焰。我的头顶上是高高的蓝天，宁静、恢宏、壮大。它似乎属于我们的生活，又远远高于我们的生活。与这永恒的蓝天相比，整个尘世显得多么渺小啊。但人类仍然以自己全部的勇敢和坚韧，来承受这辽阔苍茫的大地。在这种高邈悠远的天空下，我觉得一个人没有完成的事情，在命运难以捉摸的更迭与流转中，一定会有另一个人接着去做，如果这种事情具有永恒的特性的话。因此，一个人在他永恒的生命追求中，有足够的力量承受他的全部失败。空中还有很多秋风。风很高，也很清爽。一个最善良高尚的人有时也许会不自觉地产生某些隐秘卑劣的念头。这风似乎可以吹去我们心中所有的灰尘。五点钟，我又回到河对岸。太阳还很高，阳光灿烂辉煌。天空没有一丝云影。船到河心，我忽然感到天空中好像多了一种什么，抬头一看，原来东南角的深蓝天壁上，不知什么时候已经挂着一个冰清玉洁的半圆月亮。

十八

如果没有风声，这个世界就太宁静了。有了风声，这个世界依然很宁静。当我置身于这样的世界时，我的文字也只能是宁静的。我听得见鸟儿的鸣叫。我还听得见鸟儿飞动时的扇翅声。在黄昏无边的落日下，篝火的乳白色浓烟也是宁静的。拖拉机轰响着从又高又长的河堤上驶过，腾起的尘土也是宁静的。万物的生长和消亡都是宁静的。由于长期生活在这样的世界中，我形成了这样的观念：虚静是世界存在的内在常态。天堂也应该是宁静的。我相信在这个宁静的世界里，存在着美好的天堂，但我不知道它具体藏在哪儿。虽然只有一个天堂，但它隐藏在无数个细微的事物之中。我的文字是一粒粒细小的草籽，它们落在尘土里。它们让我想到《圣经》中那个关于一粒麦子的伟大认知——"一粒麦子不落在地里死了，仍旧是一粒；若是死了，就结出许多籽粒来"。因此，我希望它们在尘土里死去。如果说我的文字里没有重大的事件，没有发生过重大的事情，那是因为我的世界本来就是平淡的、平凡的。这个世界是广阔的，但常常被误认为是空洞的。我的世界，以其日复一日的重复，落日般，顺应着宇宙恒常的轮回。

十九

半枯的杂草丛中有很多青绿的小昆虫。我的脚刚踩上去，它们就腾起来，在我膝盖旁乱哄哄地跳动飞舞。还有一些稀疏的虫鸣。在我经过时，那些虫子仍没有停止自己细碎的鸣叫。说实在的，我真想在这片杂草丛中躺一会儿。成大群的麻雀在收获后的土地上寻找食物。天地变得苍茫，显出深秋时节那种特有的气象。秋风呼呼地刮着。后来，我在乡村教堂旁边的小桥墩上坐下来。风把我手中的一页白纸吹得哗啦啦直抖。我出来喜欢带着纸和笔，学习唐朝那个叫李贺的诗人的样子。我喜欢把突然涌到脑中的某个或某些莫名其妙的句子随手记下来。比如，我现在就在这页纸上写道："生活有时就在于抵制生活中的诱惑。"这个句子的出现，就像被风突然从生活深处刮来似的。而吹在我身上的风是这么大。我把一些文字写在纸上，风仍然能把这页纸刮跑。相对于秋天的风，人间的文字丝毫没有力量，它并不能让一页纸变得更重一些。是的，一页写满字的纸，它的重量甚至比不上大树的一片叶子。在我南边，有一对夫妇在收割豆子。这是一片晚熟的豆子。这片晚熟的豆子收割后，这一小片土地就变得空荡了。我在小桥墩上坐一会儿，忽然记起教堂北面王营村后的那株老柿树。我记得盛夏时它那满枝密密麻麻的青柿子。到那儿，看到只有树梢头还剩下十来颗。柿子又红又小又圆，映着苍青泛红的叶子，显出某种又孤独又固执的美，给人带来一种说不出的复杂心情。这是一种"本"柿子。在这个地方，我们总是习惯在那些外来的物种，或受外来影响而发生某种变化的物种前冠上一个"洋"字，比如，"洋白菜""洋柿子""洋红薯"等等；相对而言，就在那些土生土长的带着传统根本特性的物种前冠一个"本"字。其实不仅是物种，在其他事物上，也有着这种简单的划分。这种划分，深刻反映出这些与土地联系紧密的土生土长的民众的一种复杂微妙的心理。柿树的叶子很稀，哗啦啦地翻动着，仍然很有气势。那十多颗柿子倒显得沉甸甸的。在风中，果实明显比叶子重得多。柿树旁边的那棵椿树上，落着一只黑八哥。我等了老半天，终究没能听到它叫上一声。远处的大河河心，有个人划着一叶小木船。风浪很大。那人想把小木船划到这边的岸旁。那叶小木船、那个奋力划船的人，在层层叠叠无数波浪的包围中，显得有点孤单。

150

二十

秋深了，还能在路边看到一片片开满花朵的牵牛花。这些花朵，有天蓝色的，有绯红色的，有绛紫色的。牵牛花在夏天的时候，一般在露珠滚滚的清早开放，一到阳光灼热的上午花朵就闭合起来。而现在，由于天气凉爽，它们的花朵整天都大大方方地打开着。花朵的美延长了。它们的存在，本身就是对时间的顽强抵抗。一个大地的叙述者，向大地深处走得过远的时候，反而会越来越不能适应自己的现实生活。我无限地走近一朵花，却永远也走不到它。这么多牵牛花的花朵，又美丽又鲜艳，它们让我想到文学作品中那一个个并不存在的女人。比如，我随手指着那朵天蓝色的，出于对我刚刚读过的托尔斯泰的《战争与和平》的尊敬和热爱，于是我就把它命名为娜塔莎。我对它的爱那么强烈。在这个虚实混合的世界里，娜塔莎是真实的。我是一种虚构。我觉得只有一个虚构的人，才会在这无边无际的大地上，寻找自己生命的真实。

二十一

在村头的林子里，一个贫寒的儿子在为自己衰老的母亲摘柿子。他们的衣服多么破旧啊。儿子四十来岁的样子，有着农村人特有的木讷老实的表情，又瘦又高。他身上的黄褂子、青裤子皱巴巴的，沾满灰尘。我猜想他没有妻子，因为他浑身上下透出一种乡村老光棍儿的粗糙的生活气息。一个男人的生活有没有被女人修饰打理过，从他的表情、姿势、衣着等方面，是很容易看出来的。那位母亲由于衰老，身子骨显得非常单薄。她的牙齿掉光了，嘴唇干瘪。死亡随时都可以把她召走。她显然已经无力照料儿子的日常生活了。我注意到，她裤脚下的脚踝骨突兀地凸着。柿树很高，树上的柿子没有多少了。他们在一根长竹竿梢头绑上一个小小的网兜，然后举起竹竿，用网兜套住柿子，顺势一拧，枝叶一阵窸窣，于是熟透的柿子就落进网兜里。当我从他们旁边走过时，我流泪了。也许我不是哭他们。我是哭这深秋的大地上，一种悲苦的人生。

二十二

我早就想写写它们了。我说的是李季庄南头沟畔上那两棵旱柳。差不多有十多年了吧，除去节假日，我几乎每天都要从它们旁边经过。但它们引起我的注意，却是在最近两年。在此之前，我把它们忽略了。这两棵树离得很近，一棵的冠梢倒向另一棵的冠梢。准确地说，是北边的那棵，倒向了南边的那棵。有时，我认为这两棵树是搂在一起亲密。有时，我认为它们是在抱头痛哭。这两种截然不同的认为，根据我的心情而定。一棵树倒向另一棵树，这是从什么时候开始的呢？我说过，我是最近两年才注意到它们的。但从枝节的弯曲度和粗细程度上看，我觉得十多年前就已经开始了，或者更早，只是我没有注意到。十多年前，我对这个世界还侧重于感受，似乎还来不及去作更多的观察。因此，对这两棵树的忽略，也是理所当然的了。现在，我猜想，也许是在某一个盛夏，多日的连阴雨使树根下的泥土松软了，于是，在一阵大风刮来的时候，这一棵就挣扎着倒向了那一棵。从此，倾斜的这棵，再也直不起来了，它只好安于自己的命运。虽然已经过了这么多年，这两棵树仍然一直保持着这种相依为命的姿势———一棵树趴在另一棵树的肩头，一种感情承载着另一种感情，一个生命承受着另一个生命。

二十三

在木耳菜的架子上，一只蜘蛛结了一张网。网是三角形的，破了。蜘蛛在网中央静静地踞伏着，显得有点狰狞，还有点孤独。它的颜色不是纯黑，是灰暗。不是夜，是夜的边缘。天气越来越冷了，昆虫也越来越少了。我当时也不清楚到底出于什么动机——企图效仿上帝吗？——就掐了一根毛缨子草的茎，轻轻碰触一下那张网。我看到，一种生命的活力骤然间又回到这只蜘蛛身上。它迅速跑过来，用几只长腿紧紧抓住了这根草茎。毫无疑问，在这一瞬间，它认为，有某种期待已久的东西降临到它的世界里来了。只要还有希冀，还有欲望，心灵便坐不稳自己的万里江山。我没想到，在这个晴朗的午后，不经意间，我居然使这只可怜的蜘蛛，体验到一种来自这个外部世界的虚妄。

二十四

我从湖边走过——一个秋天的湖，大地深处，一片重叠或堆积在一起的天空。我继续往西，于是置身于大地的空旷之中。在这儿，我立即体验到里尔克在致茨维塔耶娃的一封信中曾描述过的那种奇异感觉——"整个大地都陡然竖起在我的身边"。我看到一些同样置身于空旷之中的劳作者。在我旁边，是一对收花生的中年夫妇。有阳光，丈夫戴一顶陈旧的麦草帽，把花生从地里刨出，然后由妻子一个个摘下，随手扔进筐里。那种不假思索的动作仿佛沾满生活的新鲜泥土。另一处地方，一个满脸络腮胡子的农民正在撒粪。他在地头用枯草燃一堆篝火，浓烟腾空。从出现到消失都很衰老的浓烟，在空旷中无法安置自己浓烈得近乎具体化的身子（几乎有着活生生的血肉，可以抚摸），最后又变得宁静苍茫。在北面的棉花地里，一个农妇在摘棉花。雪白的棉朵点缀在棉花棵子上。我走过去，也摘了一朵，紧紧攥在手心，仿佛攥了满把阳光。一种温暖的感觉直达心脏。一只黄蝴蝶在为数不多的花朵上空翩飞。还有更多的劳作者散布在这片土地上。一切都是安详的、稳定的、从容不迫的。一个过去的坚实世界就在不远处搁置着，像一个浑圆的球体，随时会滚向远处。一个未来的世界还远远没有成熟，因此并不在任何期待之中。而面对这个当下的世界，我却感到无法进入。这个世界，已经被分裂、怀疑到了极端。我活着，试图赋予大地更多的内涵。而这些劳作者，他们则在大地本来的意义之中生存，他们活在一个永恒的肯定之中。换句话说，大地是他们自身的命运。这就是我与他们的全部区别。

二十五

我记得一个细腰葫芦在刺篱上吊着。葫芦藤落光了叶子。这条藤从泥土里爬出来，跑了那么远，仿佛就是为了最后在刺篱上留下这么一个葫芦。那片刺篱是用几棵花椒树编成的。花椒树也落光了叶子。那些椒实密密麻麻缀满枝头，红彤彤的。我记得那几棵花椒树，记得椒实浓郁而独特的气息。我之所以尤其记得那个细腰葫芦，是因为它虽然被一阵阵的秋风吹着，却依然显得那么安定。秋天里的这一切，是多么简单啊。而我却是这么混乱。我没有一点泥土可以扎根。

二十六

秋天的风很凉，刮着刮着，天就黑透了。这么多的风，在黑暗里刮，从很远的地方刮来，又刮到很远的地方去。刮到哪里才是个头呢？风自己也不知道自己最后会刮到哪里。枯叶哗哗啦啦地在天上飞，飞了好远，刚落到地上，接着又被吹走了。尘土也在天上飞。我想，要是有一天，什么都没有了，风还会怎么刮呢？黑暗中，天空又高又深，到远处，就虚虚地和大地混为一体。那一个个空茫的小村庄，被风刮到了天边。村子里那一盏一盏明亮的灯火，也被刮到天上。它们变成了星星，就在那些旧房屋的窗口挂着，那么静，那么冷。大地上还剩下很多风刮不走的东西：水井、池塘、道路、树根、沉默寡言的牲畜……还有那种比泥土还重的生活。夜很大、很长。这场大风之后，我的外祖母肯定又会老许多。我不知道，还会有多少风声，留在一些人的衰老里。

二十七

大河湾变得荒凉了。槐树、香椿树、小叶杨、酸枣树、樱桃树和桃树，都落光了叶子。叶子落了，枝条还在。作为一片叶子，是多么幸运啊。我是说，就算叶子自身消失之后，枝条横空，那种永恒的依托依然存在。就算枝条消失之后呢，还有一种永恒的空间被永恒的天空所包容——而风和阳光依然把这种空间充满。在这个虚无的浮世上，能找到一种坚实的依托，是多么幸福啊。这片河湾，我还是在夏天时来过。那是一个下午，我记得有一只长尾巴野雉突然从我身边的草丛中连飞带跳地蹿出，把我吓了一跳。我从它明亮鲜艳的毛色中看出来，它是雄性的。在这附近，还应该有一只雌性的伴随着，但它没有出现。现在，这个地方变得空荡，那只野雉不知迁到哪儿去了。我喜欢这片朴素的风景。我甚至喜欢这种深秋的荒凉和衰败。无论从哪一个人身上，我都能看到我无法摆脱的自身。但在风景之中，我看到那种我自身之外的东西。这种纯粹的东西，我永远也无法具备。正因为如此，这种东西才更强有力地打动着我。我被它们深深吸引。那是另一个更为广阔、清新的世界。它来自大地温暖黑暗的深处，又向明亮高远的天空涨溢。这个世界是如此丰盈。它呈现、给予、拥抱和吸纳，又不断更新和生成。我可以置身其中，但无法成为它的一部分。

二十八

任何一种事物都有它的局限。对于一个湖来说，岸就是它的局限。但湖包含着岸。也就是说，岸是湖自身的一部分。这湖如此蔚蓝透明，仿佛从它的物质性中脱颖而出，变成一种强烈的纯粹的心灵感觉。这是一个更内在的空间，已被我千百次地穿过。黄昏，夕阳落在上面，火红一片。这落日是湖的一个内心的红衣少女。而落日也是一个局限。它如此美丽，如此温柔，如此贴近我们，却无法被拥抱。它就要离去了，像一个梦，或一支歌。夜晚将会缓缓降临到苍茫的大地上。我们每一个人都在自己的局限中生活。我无法突破我卑微的生活。生活大地般无限广阔，但我是一个局限。我像一个湖，深深陷入生活之中。但这么多年来，我已慢慢接受我的局限，接受落日一次次离去时的幽暗与冰凉。我是卑微的，所以我热爱细小的事物。也许，一个世界越小，这个世界也就越明亮、越温暖。这是因为随着这个世界的不断变小，这个世界的局限性也缩小了。在这个世界中，很多生活的尘土浮起来，被温暖的光芒照亮。

二十九

连下两天雨，第三天，晴了。一个典型的北方平原上的深秋黄昏。树木的叶子大部分脱落了，树林子显得萧疏。清爽的空气也显得萧疏。枝上剩下的树叶，一片、一片、一片……每一片都离得远远的。没有一丝风，我看了好久，没看到有一片叶子动一下。在这些宁静的叶子中，有一片突然落了下来，无缘无故似的，从梢头垂直地往下落，大约有五秒钟，才来到地上。透过稀疏的枝条看橘红色的夕阳，很温暖，但又有点清冷，还有一点其他的很复杂的抒情气氛。柔和的光线也是抒情的，充满了暗示性。也许这只是一种内心印象。夕阳总给人带来很强的主观感受。看到这样的黄昏，我说不清自己的心情，复杂而微妙，真的一点也说不清。这种心情如果可以用一个动作来表示的话，那么，我会把这个晴朗的黄昏轻轻抱住，抱在胸前。大地上，还可以听见秋虫的鸣叫，细细的、零零落落的，很清澈，很明亮，仿佛一闪一闪的，有的是螽斯，有的是纺织娘。泥土散发出一种既是秋天特有的，又是雨后特有的气息——草木腐败的清凉的气息，残存的植物生命的新鲜沉潜的气息。不时可以看到有人在村外的空地上刨地或种菜。这种安静的贴近大地的劳作，总给我带来一种幸福感，仿佛与我内心的什么东西有关。这里面有一种来自生活和岁月深处的平实与安稳。那些乡村生活中难以避免的清寒愁苦并不能阻止人们对自己生活的热爱。顺应天命的生存观念既是一种古老的中国乡土智慧，也是一种在积年累月的生活压力下实用性很强的生存态度。晚栽的朝天椒碧青碧青的，还没变红，密叶上浮一层小小的白花。过一段时间，苦霜降临，密叶就会落光，满枝朝天椒红通通的，比花朵还好看。蒜苗、小青菜、葱秧子生机勃勃，青绿一片。还能看到晚开的南瓜花。秋南瓜又青又长，长不老了，但还继续生长。长到什么程度就是什么程度吧，生命很多时候是顾不上那么多的。

三十

天空这么蓝（"蓝得像是要滴下染料来"［格非《人面桃花》］），因此，那只鸟儿仿佛不是在飞，而是在游，鱼一样地游，一直游向那宽宏广大、幽邈如梦的未知里去，越游越远，翅膀也渐渐透明，渐渐变蓝，到最后变成了一颗清凉的泪滴。在一个爱的时刻——一个沉默而美丽的时刻——如果谁哭泣，忍不住地哭泣，它就会从谁的眼睛里流下来。

三十一

太阳刚冒出地皮儿，圆满，端稳，还没有亮光，只是红彤彤的，好看极了。如果是一个瓜，长在地上，打它旁边经过的人一定会蹲下来，忍不住伸手摸一下。不一会儿，太阳就开始发亮了。但这个时候的阳光，还不能称之为光芒，准确一点说，更应该称之为光线。此时的光度，有着很强的质感。杨树的枝条上、稀残的叶片上仿佛涂了一层淡淡的红色汁液，显得清空、疏美。大学者钱穆曾言，"日出日没，有生命意义寓乎其间"。平原日出，蕴含着生命的大喜悦。有人担着粪挑子，给土地施肥。古罗马作家瓦罗在其大作《论农业》中，有专门关于土壤施肥的论述。他认为鸽子粪最佳，"仅次于鸽子粪的是人粪；第三位是山羊、绵羊和驴的粪；马粪是所有粪当中最次的，可是它适于谷类作物"。但农耕时代已经一去不复返了，化肥早已被普遍使用于土地。人类文明的进步往往产生于一种悲剧性的二律背反之中，不知这算不算是一个显著的体现。还有人在刨地边子，这种对土地的珍惜，倒好像和中国人敬惜字纸的传统一脉相承。土地潮湿，墒情很好，正是播种小麦的时候。作为农事主力的牲口已被淘汰，人们正用拖拉机或其他机械播种。看到阳光中翻耕得平整松软的土地，我感到心胸很开阔，心情也舒坦起来。春种秋收，秋耕夏割，种瓜得瓜，种豆得豆。这些大地上的劳作者，与大自然有着最单纯、最直接的依附关系。生命和生命古老的本源相互深沉地感召着和呼应着，循环往复，生生不息。这些大地上的劳作者，仍然依稀体现着人类生存最初的，也是最本质的意义。

三十二

上午十点左右，我来到一个叫康庄的村子。村外是耕耘后的大地。村庄被无边无际的空旷包围着。村庄里面的风，比村庄外面的风小一些。很多院子里，门外的空地上晒着剥下的玉米粒。路边或房屋旁堆放着打过的豆秸。村庄的宁静再一次让我感动不已。在这片平原上，所有的村庄都是一样的。生活、命运、表情、皱纹、眼泪、疾病都是一样的。路上的辙痕、脚印、尘土、草木都是一样的。我的骨子里也有一个秋天的村庄。有一个地方，可以让我回去。我发现，所有的村庄和我骨子里的那个村庄都是一样的。甚至，那种包围着村庄的空旷、宁静也和我骨子里的空旷、宁静一样。

三十三

我在河边一棵垂柳下坐了很久。深秋的柳条，透出几分萧散疏朗的韵味。在树木中，只有垂柳才具有如此浓郁清晰的韵味。也只有垂柳，才最具古典中国的抒情风度。满树的枝条似乎都在有意遵循着一种统一的秩序——以一种感恩的姿势齐刷刷地垂向大地，没有一根散乱的。这使得这棵垂柳看上去非常端庄、和谐。在垂柳之上，是群星密布的高远的天空。——虽然此时是黑夜，但存在着一个光明的背景。在垂柳之下，我仍然能感受到那种永恒的闪烁和清凛的开阔。舍弃比获取更为重要——如今，在这个世界上，已经没有人能明白这一点。生活中需要抵抗的东西是那么多。一个人，什么时候才能把自己提炼成一棵垂柳，以自己全部的生命，应和自然的轮转，在所有穷困的时刻和富足的时刻，都能无限地接近那种生存的安静与幸福？

三十四

秋后,大地空旷了。那些属于深秋和冬天的鸟儿多起来。它们属于浩茫的北方的天空和大地。我首先注意到的是喜鹊。早晨,太阳出来时,它们在雾蒙蒙的天空中飞来飞去,边飞边叫。下午或黄昏,它们常常落在树枝上或空地上。在这儿生活的鸟类,从数量上看,麻雀最多,其次就是喜鹊了,然后是斑鸠,乌鸦也不少。以前白头翁很多,在冬天,它们成大群成大群地落在楝树上吃干硬的楝实(我们把楝实叫作"楝枣子")。现在,这种鸟儿少了。还有一种非常可爱的鸟儿,灰喜鹊,体形比喜鹊略小,但更为优美,在我小时候,它们还很多,比喜鹊还多,但现在全然不见了。关于喜鹊和乌鸦,在中国传统的民俗中,它们承载着很多古老的隐喻。一般来说,喜鹊在早晨出现得比较多,乌鸦则在黄昏出现得比较多。乌鸦又称"黑老鸹"。"斜阳外,寒鸦万点,流水绕孤村。"这是宋朝词人秦少游的句子。我们看到,荒寒作为一种审美对象,给人带来了一种十分难忘的印象。二〇〇七年二月十九日,我在蚌埠市一个叫浍南镇的地方,看到了成千上万只乌鸦聚集在麦田里的景象——正午的阳光灿烂明亮,青绿的麦地上,黑压压一大片乌鸦,紧紧挤在一起,一动不动。当地人把这种现象叫作"乌鸦开会"。民俗中,人们把乌鸦视为不祥的鸟儿,但是,在我喜欢的鸟儿当中,就有它们。乌鸦的身体是一座黑暗的建筑,有着很强的悲剧色彩。也许它们比我们更加接近大地的生存。按照里尔克的说法,在它们和其他事物身上,我能发现某种和我们的生命相关的谐和之感。在给一个名叫弗兰斯·卡卜斯的青年人的一封信中,里尔克曾这样说道:"如果你在人我之间没有谐和,你就试行与物接近,它们不会遗弃你;还有夜,还有风——那吹过树林、掠过田野的风;在物中间和动物那里,一切都充满了你可以分担的事……"我对此有着很深的体会。尤其在物中间，有一个更为深邃幽远的世界。那个世界是一个温暖宁静的接纳——你无限地走近，却不能最终抵达。很多时候，我是逃向那里，并把那里当作心灵的藏身之所。

三十五

太阳是下午六点十分沉没的。这个时刻，在地平线上方，秋霞显得格外静美。这抹动人的色彩让我想到画家林风眠。但我还是要说，我从没见过有哪位画家的画笔曾把这抹色彩表现得如此出色、如此让人叹为观止。这抹色彩（凝重、饱和，但是内敛而不热烈）于深沉、静穆中透着几分妩媚。我静静地凝视着它。十五分钟后，它慢慢消失。我似乎也不再存在了。

三十六

那棵置身于空旷之中的苦楝树，深深扎根于大地，而枝条伸向天空。枝条又黑又硬。它是寂寞的。如果它不是寂寞的一部分，那么，寂寞就是它的一部分。叶子落光后，它仍然继续生长。直到在一个明亮的时刻，它突然和我相遇……

三十七

今日霜降。早晨，有很大的雾和很重的露水。走到村口，看见一只灰斑鸠在低矮的青瓦脊上鸣叫。单从声音上，我就能听出这是一只今年夏天才出窝的小斑鸠。一些事物从深深的遮蔽和隐藏中显现出来。在秋天，我们总能获得更多意外的发现。在池塘边的青杨树上，我还看到一个小小的鸟巢，像黄鹂或黑老斑的。只有属于南方的鸟儿才能筑成这么精巧的小巢。北方的留鸟，筑的巢总是又简单又粗糙。渴望飞翔的人注定要死于大地。这话主要是针对那些理想主义者来说的，但对鸟儿来说，也同样合适。在这样的早晨，只有斑鸠、麻雀和鹊翎鸣叫，其他的鸟儿都沉默了。村外，雾更大了。河沟上、树林子里雾气弥漫。远远的空地上有一棵孤零零的小杨树，只能看到枝叶疏疏的树梢梢。树身是一道虚虚的黑影子，很静，很美。早播的小麦已经出芽了，从泥土里钻出一个个绿尖尖。有个人扛一把锄头从地里走过，贴着地皮儿有一层雾，一直漫上他的小腿。在他的肩膀处，又有一层雾，围着他飘浮着。这使他看上去就像个神仙。

三十八

那些大蜜枣也许是这个秋天里最后的果实。相对于小巧玲珑的蚂蚁尖枣，它们的成熟期显得异常漫长。如今，它们在寒冷的空气中慢慢变红了。它们自身的重量把它们赖以生存的又细又韧的枝条压弯了。当我从树下经过时，一阵难以遏止的忧伤突然涌出，那么强烈，仿佛体内有一种类似于河流的东西泛滥了。多么痛苦啊，有时候，我们的心灵找不到任何一个地方可以安放，于是，我们充裕的存在一再地变成我们难以承受又无法摆脱的负担。

三十九

在大地上，最幸福的事情，也许应该是拥有一座小小的果园。而我只是在离果园很近的地方生活。这座果园是樱桃园。今年春天，我曾用十天时间，仔细观察过这座果园的花期。我参与了那场美丽的花事。仿佛那是我自身的一次含苞、绽放、凋谢，同时还伴随着隐秘而痛苦的孕育和诞生。在樱桃园里（东侧，靠着一条窄窄的荒芜的小路）住着的那个老人，去年秋天就已经很老了，今年秋天，我发现她依然这么老。似乎她已经老得不能再老了，所以，她的衰老已经停止。她在樱桃园中的那间小小的土房子里住着，房子前面除了一棵棵樱桃树外，还并排长着两棵粗大的杨树。夏天明亮的黄昏，她在杨树下坐着，拿着一把旧蒲扇。满树樱桃就在她旁边熟着，红彤彤的。如今，这个老人，她哪儿也不能去了。她停留在自己漫长而寂寞的衰老里。

四十

在立冬之前，麦苗就已经从泥土里钻出来了。这种色彩新鲜动人，仿佛那个早已离去的遥远的春天并没有全部消失，还有一小部分被大地紧紧攥在手心里了。现在，在秋天即将离去，冬天就要到来的时刻，大地突然摊开它那温厚的手掌。于是，绿色作为一种珍贵的礼物，被再一次送到人间。在以后的日子里，麦子将越长越高（大地不断上升），绿色也会越来越浓，直到碧绿最后（来年的夏天）又慢慢变成金黄。而现在，很多事物还在秋天的尾声中继续离去——

大地的各种声音渐渐微弱下来……
用不着了。
只有一个微弱颤抖的声音将永远伴和着我的眼泪。
当它止息时，我愿变成聋子和瞎子。

——瓦·洛扎诺夫

冬　天

如果冬天的世界让你感到单调、苦闷，那么这只能说明你的心灵还不够敏锐丰富。你要用牛羊的眼睛去看，你要理解牛羊眼中的沉默和泪滴，它们苦难的一生里有许多我们从不曾窥视的深渊。不仅如此，你还要用飞鸟的眼睛去看，你要保持着鸟儿的视角、自由和高度。鸟儿在飞翔的欢乐中忘记了一切生命的忧虑。这还不够，你还要用孩子的眼睛去看，那里有着生命最初的纯洁。同时，你还要用老人的眼睛去看，黄昏的凝视中蕴含着漫长岁月的沧桑回忆。远了，远了，在告别的路途中，粗糙的手试图触摸过去的影子。当然，你还要用男人的眼睛去看，你的眼睛里要充满发现的勇敢和机警。你甚至要用孕妇的眼睛去看，那里有着母性伟大的包容、关爱和慈善。树林、村庄、河流、池塘、麦地、雾……冬天的广阔和空茫不会让你迷失，但也不会让你轻易就找到自己。你对自己在这个世界上的存在，充满了感恩、困惑、疑问和喜悦。冬天是一种漫长的道路，你必须走到尽头，才能接近点什么。

树　篱

　　把一些小树棵子——桑、榆、槐、杨、楸、花椒、香椿——一棵棵身子紧贴着身子随便栽在房子周围，过段时间，这些小树棵子，有的死了（死了还在那儿站着，仿佛还要一死再死，一直死到完全消失为止），更多的活下来（活了就好好地活，就长出更多的枝叶，能开花儿的就开花儿，能结果儿的就结果儿，尽量不让自己浪费掉）。这就是树篱。

　　有些树长起来一点也不费事，呼呼直往上蹿，说长高就长高了，仿佛是在某个饱满的瞬间一下子长成那个样子的，没有一点生命的过程。而这些树却永远也长不成那种通常意义上的树了，它们的生存空间从一开始就被剥夺了。所以，它们从一开始就得使劲地长啊长，它们命运的种种艰难通通反映在它们细瘦扭曲的身姿上。

　　由于房子，树篱有了一点围墙的意义。

　　但树篱毕竟不是围墙，围墙总是挡住更多的事物。比如围墙挡住一些危险，也挡住了一些善意。每年，围墙总是把春天隔开，墙里的春天不容易出去，墙外的春天也不容易进来。春天和春天脸儿对着脸儿，就那么眼巴巴地隔墙相望着，满树桃花憋屈得通红。树篱是春天的一部分，春天，树木意意思思地发芽，树篱一点点变绿。慢慢地，绿的速度加快，到后来，绿色把树身子严严实实地裹起来，从下到上，一摞一摞的绿，一直往上堆，堆得真高。每天，房子里的人从树篱的豁口子里走

165

进走出，就这样被春天的子宫反复诞生。

这些树篱把这个小房子圈起来，就好像怕这个小房子会到处乱跑似的。其实，就算房子会跑，房子又能跑到哪儿去呢？跑来跑去，总归跑不出脚底下这片土地，总归跑不出自己这一身的土。人的心总比人跑得远。有的人，他的心跑远了，人也跟着跑远了，再也不回来了，也不知那人有没有把他曾经生活过的房子带上。有的人，他的心被这一小片土地上的事物给牵挂住了，他的心不能跑了，那个人也就在这一小片土地上永远留了下来。

日复一日，那个留下的人深深陷在他的生活里，比一口井在土里埋得还要深。

一个个日子过去了，又一个个日子过去了，树篱越长越高。春天过去，夏天过去。秋天来了，秋天就窝在这儿。秋天的风很多。风一头撞在树篱上，风声就大了，荒荒的，风一下子就有了几千年的年龄。满天的夕阳和黄叶。风把树叶吹掉，树就露出光秃秃的身子。

过大年，落大雪，天是白的，地也是白的，房子里的人就在树篱上挂几个红灯笼。

房子里的人老了。

有一天，他从房子里走出，从此再也没有回来。他什么也没带，包括他的房子。

也许一个人只有生活在土里之后，才算拥有了这世上的一切。

树根往土里扎，人往土里走，房子里的人在土里越走越远、越走越深，直到走出世上其他所有人的记忆。没有人住的房子也很快老了，空空的。老了的房子寻找它的主人，于是，它变成了一堆黄土。房子里的空间也消失了，消失在一个更大的空间里。后来，黄土上面长出野草，开出水做的花朵，飞来爱情做的蝴蝶。

树没有心事，树比人能活。房子里生活过有心事的人，树又比房子能活。人和房子消失后，也许树篱又存在一段时间。一切在时间中变得有价值的事物，最终还会在时间中变得毫无价值。

到后来，树篱也消失了。

后来，在这一小片空空的土地上，又开始出现生命的歌声和呼唤，又开始出现生活的沉寂和流转。

静静的大地

　　大地上虽然充满各种声响，但更多时候，其实带给你的是一种静静的感觉，而在不同的季节里，又有着极其细微的区别。

　　春天的大地是宁静的。冰雪融化的声音，草木发芽的声音，轻寒和温煦产生着轻轻的碰撞和摩擦。风声圆润。大地有一种复苏时的迟钝和清醒。早晨，太阳刚刚钻出地平线，雾岚从潮湿的地方、从低处升起，然后萦绕在枝节变软的树梢上——一个温柔的动作的开始。合唱前准备性的呼吸、提气——只是在这一瞬间被拉长了，被拉进没有终止的无限。鸟鸣清澈，充满喜悦。就是在夜晚，大地也有一种可感受的明亮。空气中弥漫着序幕拉开时的激动和不安。传来一声轻微的感触："哦。"

　　夏天的大地是静谧的。尤其是暮晚，太阳落下了，田野一片宁静。但宁静中有着各种细微、繁密的声响，整个世界显得生机勃勃，充满生命的活力。风踮着脚尖，从层层叠叠的绿叶间侧身而过。虫鸣。而这些声响，只是对宁静的提醒。到处都有光亮，白天的光亮在黑夜到来时仍然继续保持着。大地有一种生长的冲动和强烈的脉动。空气丝绸般震颤和抖动，从风中的晾衣竿上一点点向下滑动。植物在孕育、拔节、开花。大地上的声音在空阔中是隐忍的、按捺住的。这种静谧是一只手指竖在嘴唇上："嘘——"

　　秋天的大地是安静的。午后的阳光在水塘上闪烁，流光溢彩，如梦似幻。田野尽头那棵高树的梢头，最后一只蝉在细细地鸣叫，毫无目的地鸣叫。落叶在风中飘动，它们在空中停留的过程非常动人。虫声稀疏了。风声清晰、薄。世界开始变大，大得有点空。仿佛有种脚步声由近而远地走过去，然后慢慢消失。又仿佛有什么东西在迟疑地张望，然后慢慢到来——但最终又停止了。这种安静是什么都不说，只是眼神中却流露出一丝淡淡的微笑。

冬天的大地是寂静的。各种声响都消失了，落幕后的空白。一场白茫茫的大雪落下来。——此时，纯洁就是某种状态接近于虚无。风吹过，天空高寒，星辉灿烂，星辉映在脸上，古老而冰凉。偶尔的声音（鸟鸣）是对寂静的补充。这种寂静是内敛的、收缩性的。大地的寂静不是一个点，而是一个巨大的平面。这个平面是垂直的或倾斜的。尤其是阴沉沉的黄昏，尤其是黑魆魆的夜晚，寂静到极处，仿佛寂静本身也成了一种尖锐的声响。冬天——一个本来就沉默寡言的男人深浩的沉默。

冬　阳

　　春天的阳光清新、鲜嫩，像小女孩的手指尖儿，轻轻地触一下你的手背；又像青春年少时，有一次谁的发梢无意间撩过你的面颊，让你的心不由得咯噔恍惚了一下。夏天的阳光灼热、喧哗，热汤般往下泼，多得让人感到有点浪费了。但到黄昏，夕阳又极富色彩之美，硕大到让人叹为观止的地步，映着浩浩荡荡的树叶，大红大绿，像油画。秋天的阳光呢，又明亮又清澈，清旷旷的天，坦荡荡的地，人在满盈盈的阳光中，老是想向某个地方走去，向远远的地方，但究竟到哪儿去呢，自己却又不知道。

　　最后好好说一说冬天的阳光。冬天的阳光很温暖，这温暖是一种心灵上的感觉。这样的阳光，让你又感动又惆怅，又幸福又失落。特别是你一个人在一望无际的田野里站着，向四周望望，除你之外，一个人影儿也没有。天地大、空。你一下子就想起很多事。你想想过去，想想你曾经打算做的一些很大很大的事，但结果呢，到现在一件也没有做成，于是，你只好在一些很细小的事物中去寻找一些充实和满足。你知道有些事你是做不成了，你怎么努力也做不成了，你只好认了。对于你的这一辈子，你慢慢也认了，但又总有那么一点意犹未尽、心有不甘，哎呀。这时，看着一轮红红的夕阳，你好像有很大的依托和安慰，但又感到有点空落，你真说不出心里到底是什么滋味。

秋去冬来，树木落光叶子。但有一片杨树苗林子还满满地长着叶子。叶子很阔、很大。细细条条的树身子，只有枝和叶，还没有树冠。这些叶子，一小部分还绿着，冷绿冷绿的；另一部分却变黄了，是橙黄，亮闪闪的，透明。黄黄绿绿的叶子，在枝上静静地挂着，真好看。这片林子真静啊，像一个人，停下脚步，屏住呼吸，侧耳倾听——远远的地方，什么时候，也许真的会传来一声暖人肺腑的呼唤。夕阳宁静，由于很远，这种宁静像石头里的灯盏、水中的火焰。

在这儿，仿佛整个世界都是宁静的。地理因素总是深层次地影响着一个民族的性格和文化，从小处说，当然也会进而影响到一个人的个体存在。长年累月地生活在这种夕阳和明月般的宁静中，慢慢地，这种宁静就会沉到你的生命里，一直沉到那很深很深的地方，直至融入你的血液。在以后的日子里，这种宁静就会默默地影响着你的性格，并最终改变你的命运。

在一个村子的后面，我看到三个老奶奶，她们在夕阳下的小屋外坐着，旁边是几棵高高大大的老杨树，叶子落完了。三个老奶奶在说着闲话。听不见她们的谈话声，但我能猜出她们的谈话内容，是家长里短的人情事，有着淡淡的忧乐。不知怎的，这情景让我看了莫名地感动。这情景仿佛在很远很远的朝代就有了。初冬的日子，天气还很暖和，但空气中总好像有种让人忍不住想流泪的东西。不知什么时候起风了。风缓缓地吹着，无限夕阳，无限江山。很多日子不知不觉过去了。

冬　雨

落雨了。这是入冬以来的第一场雨。雨天比阴天好。我不喜欢阴天，越来越不喜欢那种酝酿的过程，沉闷，落寂，没有光，没有希望，就像黑灯瞎火走夜路。人活着总得有点盼头才行。雨既然作为一种既成的事实，那就意味着晴天的到来。

雨一滴接一滴落着，很大。每一滴雨里都有天空的重量和气息。路边的茵草丛枯了，失去水分，草叶耷拉下来，雨一淋，黄亮黄亮的。我蹲下来，用手摸了摸，又凉又软和。茵草和茅草不同，茅草经霜后，草叶还直愣愣地挺着。教堂北面的那片芦苇，芦花变湿后，失去了飞扬和轻盈的感觉，显得滞重。天晴的黄昏，夕阳照得满天满地，芦花茫茫，那里面便飞满稠密的麻雀。落雨的时候，这些麻雀都飞到哪儿去了呢？

柿树黑铁般的老枝上，仅余两片叶子，一片很小，另一片更小，猩红猩红的，看上去冷艳入骨，像两朵小小的火焰。这火焰没有温度，但那一星儿深刻的色彩刀子般灼伤了我。那片小杨树苗林子，叶子几乎全黄了，落了许多，剩下的稀稀疏疏，历历可数。一个穿红羽绒小袄的女孩子从另一条小路走过，越走越远，像一缕箫声。我突然感到，生命与生命之间，其实离得那么遥远……

大地变凉了。我站在那儿，感受着这种荒凉。大地的荒凉就是我的荒凉。雨继续落着。但总得去承受一滴雨——去承受无数滴雨。

乌　　鸦

乌鸦真黑，像一小块冻结的夜，像一疙瘩生铁。这么黑，谁知道它肚子里咽下多少黑暗呢？它的叫声短促、激越、悲壮、苍老，不像其他鸟儿的鸣叫，有着欲断还连的持续性，乌鸦的每一声都像拼尽了全部力气："呀！——""呀！——""呀！——"中间隔着一大段一大段的寂静。这样的声音不是叫出来的。不，不是鸣叫，是可着嗓子吼出的，是吼叫。如果你仔细听听，这似乎也不是吼叫，而是呕吐。乌鸦似乎想把自己满肚子的黑暗呕吐出来。肚子里密集而冲撞的东西太多，乌鸦只能是这个叫法了。但人们毫不理解这种苦楚的声音，以至于乌鸦在源远流长的民俗中成为种种不祥的象征。乌鸦找不到那种与世界相互融入的感觉了。在乌鸦身上，似乎有个可以随时泛滥的小小地狱。

如今，乌鸦越来越少了。小时候，干冷干冷的冬天，阳光明晃晃照耀着的下午，一大片一大片的乌鸦便在苍绿的麦地中寻找食物。更远处，在凛冽清旷的天空下，是一个个贫瘠荒僻的小村庄。黄昏，夕阳又悲凉又美丽。夕阳照在大地上，有一种浓郁的地老天荒的亘古氛围。在这样的氛围中，你不知道这些空空荡荡、寂寂寥寥的日子如何才能一天一天过下去。

但日子一天一天不知不觉地过下去了。

一些人突然之间，就感到剩余的日子屈指可数——很多人的一生就这样一天一天熬得油尽灯枯。

　　夕光横流，浩浩满天，浩浩满地。乌鸦一只一只不住地从无边无际的田野飞回村旁的树林里，静默一天的村庄这时才算有了一阵喧响。但很快，夜晚就来临了。夜长如岁，寒冷彻骨，点点星辉沉默地倒映在乌鸦的眼睛里——于是，漆黑一团里却有着最晶莹的光亮。

牛

作为一种忍辱负重的动物，牛的性格具有强烈的宗教色彩。你看，把一些蕴含着道德意义的词语——仁慈、谦和、隐忍、温顺、忠厚、奉献——用在它身上，一点也不会让人感到牵强。说它的性格具有强烈的宗教色彩，还有一点，就是作为一种有着巨大力量的动物，它丝毫没有攻击性。它的力量甚至并非为了自卫、为了保全自己，而是为了承担外界强加给它的一切。它所有的力量都是为了一种对自己的承担。它靠生命自身的力量来承担自己生命中所固有的那种悲剧性。它和土地之间的关系，就像西西弗斯和他的石头之间的关系。这使它辛劳的一生显得悲壮不已。但是，它什么也不说。作为一个绝对的现实主义者，它一生都与土地保持着一种最近的距离。也许它所领悟的东西太深，就是清楚地说出来，人类也无法听懂。比如，在黄昏或者黎明，在那种无边的宁静中，有时它也会叫那么一声："哞——"深沉、悲怆、顿挫中有着入木三分的穿透性，像呼喊，又像慨叹。这种声音震撼人心，但人们仍然无法具体得知这种声音里所蕴含的东西。是啊，在它沉默寡言的一生中，还有多少东西是我们永远不得而知的呢？——还有它眼中的光亮、光亮后面深不可测的黑暗，以及那潜然流下的巨大泪滴。

当它老了，全身肌肉就塌陷下去，它变得苍老干瘪，皮毛松弛，像一件破被单晾晒在阳光之中。它的骨头架子愈显峥嵘巨大。到最后，它的生命里只剩下这些最坚硬的东西了，一敲梆梆响，但没有人能真正听懂那种声音——当这些东西最终消失时，它就永远与这个世界失之交臂了。现在，它孤单地站在冬天的大地上，一动不动。偶尔它也抬一抬沉重的头颅，再打量一眼这个世界：天空、树林、池塘、村庄……

喜　鹊

　　晨雾蒙蒙，天气阴冷灰暗。苗圃后面的河沟旁有几株大钻天杨，没有叶子了，密密麻麻的枝条仿佛还在向上长。我喜欢冬天的枝条。在高高的天空中，这些枝条枯索而简洁，显出几分拙雅的美学色彩。

　　在中间最高的那株钻天杨上，去年冬天，我发现一个鸟巢。夏天，绿叶淹没了它。秋天，它重新露出来。冬天到来时，它却消失了。

　　如今，在高高的天空中，我失去了一丝牵挂。

　　几只花喜鹊在树梢上蹦跳、飞动、鸣叫。它们是欢乐的、自由的、轻盈的。每一只鸟儿都保持着作为一只鸟儿的全部感觉。

　　一个灰蒙蒙的冬天，蕴含着木头、飞鸟、心跳和歌声，还有我不曾发现的诗歌、火焰、铁和灯盏。

晴　　空

冬天的天空，深远、明亮、洁净，比秋天的更宁静。在这种无限的宁静中，又仿佛颤动着某种神秘的声音，类似于一支极其轻柔的歌。望着天空，你会觉得，越单纯的事物，越无法描绘。你只有默默地感受。你在那儿静静地站着，似乎什么都没有经历，其实在一瞬间，你已经经历了很多。

十二月中旬了。一场冬雪之后，在樱桃树林中居然还能见到许多鲜绿的叶子。樱桃树是一种容易衰败的树种，结了几年果实后，枝条便纷纷衰朽。那些粗大的樱桃树，树冠都枯死了，而根部却重新萌生出细小的枝叶。最初的一场冬雪似乎还没给它们造成致命的损伤，它们仍然顽强地保持着自己嫩绿的色彩和生机。

阳光照射林中，成群的鸟儿在那儿飞动，麻雀、鹡鸰、灰八哥（它们更多的时候是在竹林里）、苍头雀。只要有一个好天气，有一片明亮的阳光，鸟儿的整个身体就透出欢快的气息。你从它们每一个细小、敏捷的动作上，从它们翅膀急速抖动的姿态上，从它们叽叽喳喳滚珠般的鸣叫声中，都能清清楚楚地感觉出来。

冬天是一种敞开和包容。在它的开阔、疏朗与透明中，寻觅的眼睛会有更多的发现。冬天，你无法遮掩和隐藏，你只能独自面对一切事物的真实性。

晨　霜

到了深冬，尤其是晴朗的天气，早晨起来，就会看到满地白霜。霜落得到处都是。

霜落在一望无际的大地上，这时的大地给人一种镇定和安稳的感觉；落在路边大片大片厚厚的枯草上，草叶、草茎失去水分，反而让人感到亲切和柔软，有些草彻底死去，有些草根子还活着，贴着地皮儿的地方甚至还可以看到星星点点的绿意；落在残存的玉米秆上，孤零零的一株玉米，枯干枯干的，又细又长，支棱着几片残破的叶子，被遗留在田间；落在河沟旁，太阳升得老高了，那儿还停留着一些寒气和阴影；落在树枝上，柳树的枝条、老桑树的枝条、白杨树的枝条……这些完完全全暴露在天空中的一无所有的树，你多想送给它们一些什么。

晨霜让我想起记忆中那些贫穷的麦草屋顶，黑黢黢的，永远沉默着，忧伤而孤独，但又散发着一种质朴的暖意，像在守候着什么，又像在等待着什么。冬天漫长的夜晚，这些屋顶就承受着寒风、严霜、大雪，一夜一夜，直到冬去春来，温暖再次来到人间。

寒霜的来临和消失都悄然无声。当它在大地和心灵间停留得过久时，毫无疑问，这时，冬天就变成了一种考验。

十五年前，我从双庙到阮桥去。这两个小镇都坐落在河流旁，在双庙地界是黑茨河，在阮桥地界是界洪河。我喜欢这些地理名字，双庙、

179

阮桥，黑茨河、界洪河。我为我们汉字无所不在的诗意性而骄傲。

　　早晨，太阳刚出来，通红通红的。黑茨河沿岸的枯草上落满了厚厚的霜，阳光中银白银白的，闪闪发光。大地和村庄也都白蒙蒙的。河面结了一层薄薄的冰，阳光一照，光芒反射，上下辉映，清冽、璀璨、绮丽、妖娆，如梦似幻。不知怎么，我始终无法忘记这种景象。十五年了，现在回想起来，仍让我感到清晰如初，无可言喻。

萧条的地方

　　黄昏漫无边际。一个长着大片杂树林子的河湾，水面有几丛枯黄的芦苇，空中是凌乱稠密的枝条，枝上缀着几个空巢，却看不见一只鸟儿。小北风从枝条间穿过，但很快就停息了。天地一片宁静。太阳黄苍苍的，失去了浑圆的轮廓，只是一团明亮但不刺眼的光。河滩外面有一座小小的旧房子，木门朽烂了，门外长着很深的枯草。

　　冬天，我需要这样一个地方：越荒凉越好，越贫穷越好。只是，那儿一定要有阳光、鸟儿和风声。

　　但我不知道，这是一种审美需要，还是一种内心需要呢？

翠　鸟

　　经过徐禅堂闸口时，突然从闸洞里飞出一只小小的翠鸟。这是一只平时极难看到的鸟儿。它飞出不远，落在闸沟旁那丛野枸杞的细枝上，一下子收拢起翅膀。它没有什么目的，却又左顾右盼。它的身子很轻，当落到细枝上时，细枝只晃了两下——一起一伏——就不动了。这只鸟儿仿佛刚从神话中流落到人间，它对人类充满警惕和怀疑，还准备随时飞回去。我一点点接近它，试图更清楚地观察它。但在我离它两丈左右时，它就飞走了。我望着它的方向，直到看不见为止。整个沉寂的冬日下午，这只翠鸟无疑是一个最令人意想不到的生动细节。我不由得为这个意外的发现而高兴起来。

鸟　　树

　　王营村子东边有片小杨树林子，树龄只有两三年，树木大都还没有成形。林子里落满了麻雀。地上到处是高高的荒草。这些麻雀，有一大阵飞走了，还有一大阵留下来。剩下的麻雀全都落在中间那几株小树上，枝上都没空地方了。麻雀一会儿叽叽喳喳地鸣叫，一会儿静悄悄噤声不语。过了一会儿，这阵麻雀也飞走了，一只不剩。整个林子彻底静了下来，很空很空的静。林子外面有两株楝树，大的那棵上面飞来一只斑鸠。斑鸠一般是成双成对的，不知另一只飞到哪里去了。林子里还有几座坟墓、几棵松树。不远处的乏土地上，有四只觅食的喜鹊。接着，从东南方向又飞来一只，这样，一共有了五只。它们一蹦一跳的样子很可爱。后来，那五只喜鹊也飞走了，飞到北面那一小片杨树林子里。

宿　莽

　　在王营村子东边，我发现一种草，生在荒地或水边，样子像芦苇，但要比芦苇纤弱。其叶纤细修长，秸秆中空，可以断定它们是属于禾本科的一年生草本植物。叶子枯死后呈棕红色或淡白色，也有的是浅黄色。每个秸秆上面挑着的穗状花序也像芦花，但比芦花更细腻、柔软、轻盈。这些美丽的野草有着萧散淡远的风韵。我采了几个花穗，花絮飞扬，弄了我一身，像雪。凭着我极其有限的植物学知识，我无法断定这种草的名字。记得曾在某部关于楚辞植物图考的书上见过这种植物的图样，回去后查了查，果然就是伟大的屈原所吟咏的那种草。它有一个极古奥的名字：宿莽。屈原在《九章·思美人》中写道："擥大薄之芳茝兮，搴长洲之宿莽。惜吾不及古人兮，吾谁与玩此芳草？"明年孟夏，草木莽莽，我一定再到此处，看此草最茂盛的样子。

鸟　鸣

　　清晨，到树林子里听鸟鸣。看树梢上的蓝天，感觉自己很浑浊。又一想，也许我其实并不真的那么浑浊，皆因蓝天过于澄明了。只有置身于自然之中，我才能感觉到自己生命的存在。只有此时，我的存在才与其他事物的存在息息相通。阳光照着，清风吹着，冬天的枝条仍然充满丰沛的生命力，仿佛随时会长出嫩绿的叶子。不过，如果我是一根树枝，现在我会拒绝长出叶子。我喜欢阳光就这样照着，清风就这样吹着，树枝只是树枝，除此之外，什么也不是，什么也不拥有。人不知而不愠，是道德的修养；和光同尘，是精神的境界。我更喜欢后者。我喜欢这种丧失个体的独立性，融入天地万物的感觉。永恒，而又无处不在。在某个瞬间，我感觉自己的生命是鸟儿飞过时，偶尔遗落在虚空里的一声啼鸣。这虚空，是无边无际的虚空。

冬天的劳作

冬天的几种劳作——

挖土：把荒地上的土拉回去，基于夏季雨水过多，院中积水很深的教训，现在就把院子垫高一些。这样，在同一个地点，人站上去，会比以前更加接近天空和阳光，虽然只是那么一点点距离，挖土的人心里也会有所觉察。同样，今年冬天，雪落下来，落在这片垫高的地方，一些雪花就会比去年更快一点抵达；而被挖去泥土的那片荒土呢，剩下一个大坑，一些雪花就在坑上多飘几下，从而在一瞬间，推迟了下降的时间。土里会有很多植物（青草和野花）的根须和种子，现在无意中也被带到院子里来了。春天到来，万物复苏，院子里就会多点什么——多点春天，多点美好的事物。很多很多细微的改变，往往发生在冬天。

修路：在没有路的地方，开出一条路来，从这儿到那儿，从一个远方到另一个远方，从你到我。这样，世间会有更多的来临和离别、更多的交错和融汇、更多的欢乐和寂寞。或者，把原有的路修得更平整、更宽阔，让它承载更多的事物。从这点来讲，修路也就是改变某种状态或者把某种意义提高到一个新的境界。

打井：打井这活儿，大家都知道，开始是比较容易的，但越向深处挖掘就越困难，回旋的余地就越小，光线也越昏暗，如果遇到砂姜，就很难对付，需要用钢钎凿开。到最后，土越来越潮、越来越湿，直到突然发现泉眼。水开始汩汩向外冒，一股一股的，浑浊、冰凉，带着泥沙。到后来，水越积越深，水面变得平静、澄清、明亮，映出天空。在井底，仿佛另有一个更阔大深远的世界。小时候，我对那个世界的存在坚信不疑，为此，经常长时间趴在井栏上向里面张望。打井当然要打在房子附近，打在离生活最近的地方。无论怎么说，生活到底需要一些深度中的东西。

建房：打算建一座房子，这说明你准备在一个地方长久住下来了。所以，建房是生活中的一件大事。把房子建在开阔的地方，建在阳光充足的地方，建在高处。冬天，风在大地上、天空中吹着。风很大，人世显得空旷。人在自己的房子里会感到安稳。房子漏了，要及时修补。一年一年，人在房子里变老，最后死去了，又被其他人从房子里抬出来，抬到外面。活着的人在地上挖出一个又深又大的土坑（再多的苦难都能装得下），像一个巨大的伤口，然后把死去的人放进去，埋好。是啊，人终究还是得离开房子。这样，房子就空了。大地才是人类永久的归宿。而大地的伤口，也并不容易痊愈，好长时间，那个地方都鼓着一个包，活着的人叫它坟墓，而对死者来说，则是房屋了。

删枝：有些树，如果想让它们长得更高更直，就得把多余的枝条删去——侧枝过多，会影响主干的生长。对于一些果树，就更要年年进行删枝了。新生的枝条太旺了，就不会挂果。删枝要在冬天进行，这是天经地义的事。冬天，叶子落了，树停止生长，津液流动缓慢，这时删除多余的枝条，对树的损伤就降到了最低。为了获得一种高度，为了获得更多的东西，必须有所舍弃，必须做出一些必要的牺牲。这里面，有一种天道无情的严正。

伐树：树越高、越粗，根系就越发达，扎得越深。树紧紧抓住大地。河滩上，那个人脱掉厚厚的棉衣，头上热汗直冒。他正在一斧子一斧子地砍那棵杨树的根子。他先用铁铲把周围的泥土挖出，围着杨树挖一个大坑，然后把较细的侧根——砍断。余下的那些主根，盘根错节，不容易对付，他就用斧子劈开。随着他的动作，杨树梢子不停地晃动，仿佛树疼得抽搐不已。要是所有的树都能在大地上寿终正寝多好。绝大多数树，都比人活得长久。但人死了，放在棺材里，被树拥抱着。人需要一些树，于是就选择在冬天，把一些树伐倒，拉回家，让树变成其他的东西。

　　冬天的劳作还有很多。这些劳作是另一种形式的写作，充实、平易、朴素，带有象征色彩，接近人类生活的本质。

芦　花

　　冬天是空阔的。大地上除了大地还是大地，天空中除了天空还是天空。转过一个弯，空阔突然缩小，低头之间，我看到一把在泥土中生锈的镰刀。几滴鸟鸣在空阔中变得富有弹性，它们长久地悬在寂静之中，而鸟儿却早已飞远了，远得鸟儿是一回事，它的鸣叫声又是一回事。好像即使鸟儿消失了，鸟儿的鸣叫声也会永远留下来。

　　如果跟着鸟儿，到最后，我就能看到芦花。这时，空阔将会再次变小，直到它变成一个小小的针眼——风穿过去，就会变得陈旧，仿佛已是千年前的风了。在刘关庄和杨桥之间的那道浅水湾中，芦花那么白，所以，芦花比风还要古老。

　　大地上的水，凉了。

　　这些芦花，又寂寞又温暖又美丽。

　　刘关庄是我的出生地，杨桥有过我最初的女伴——小小的女伴，竹篱笆旁边的一朵小小的野梅花。冬天，梅树落光叶子，才会开出花来。所有的童年，只能用来缅怀和回忆。刘关庄和杨桥是一个银亮亮的针尖，我写作，其实就像小时候我母亲那样，在冬夜的煤油灯下，一针一线地缝补那件舍不得丢掉的破棉袄，她让我在下大雪的日子里贴身贴心地穿着。就这样，一种永恒的温暖在这个世间被一个又一个人（母亲和孩子）继续保存下去。啊，儿时的冬天，那久已逝去的温暖、寂寞、舒缓、几乎停滞的日子……夕阳红通通的，黄昏的麦地上落着成群成群的黑老鸹。

夕阳红通通的，很浓。黑老鸹不见了，却从村子里走出一个穿黑衣服的人。芦花如雪，它们静静地守着自己。在冬天的空阔里，它们的寂寞也像一场大雪。这些芦花，像那个穿黑衣服的人在这个黄昏突然白头。穿黑衣服的人在大地上走远了。遥远的天边升起了一朵云。风吹过来，芦花漫天飘飞，一场反方向的大雪，从大地飘向天空，变成了梦。夕阳和芦花都很静。

风把黑夜一点点刮过来后，风突然停了。

村子里开始升起炊烟。最高的那缕炊烟仿佛是几千年前的那缕炊烟，如今，它依然完好无损地飘浮在这片天空中，从不曾被风吹散。而炊烟下几千年前那个燃火做饭的老人，她依然在我外祖母的血液和骨头里源远流长地活着。我的外祖母，她没有自己的名字，而几千年前那个燃火做饭的老人，也许小名就叫芦花。

雪

雪算是冬天里最显著的事物。在这片古老的土地上，每年冬天，如果不落下一场雪，那简直是不可想象的事情。有个众所周知的谚语："冬天雪下三层被，来年枕着馒头睡。"这句流传于黄淮流域的著名谚语，尽管沧海桑田，时代发生了巨大变迁，如今，在中国北方源远流长的农事里，它仍然有着一种经验认识上的意义。大雪纷纷，气势恢宏，仿佛混沌初开，天地交合。雪在今年（旧历年）落下来，对当下的农业产生着影响，同时也预示着明年农业上的一个良好收成。

我们看到，雪在一个宏观的层面上，影响着众人的生活。而在一个微观的层面上，雪也许会改变一些人的命运。

大雪掩盖了许多条道路，有人本来想从这条路上到某个地方去，但因为雪，他在一瞬间改变了自己的主意，他踏上了另一条道路。这样，他的行为过程就改变了。而两条不同的道路也就带来了不同的时间差异，于是某件事情在这种时间差异中发生了微妙的变化。这件事情从而在生活深处产生一个迥然不同或稍稍有差异的结果，而这一结果又导致其他一系列事情的改变。事物与事物间，这些细微的交错、错位、差异、变化、反应，使一条本来平静的河流涌动起来，在某个河段也许会变得浪花四起、波涛横涌，从而影响了整个人生的事件流程。这些改变都是看不见的、难以捉摸的。就这样，一场雪很可能不经意间改变了一个人的一生。是啊，谁能说得清，还有多少我们从不曾觉察的细微的东西，在对我们的人生起着种种潜移默化的作用呢？

一般来说，雪不会在这片土地上停留得太久。太阳出来，它就开始慢慢融化。雪的消失和它的到来一样，清晰可见。枝上的积雪开始滑下来，发出很响的声音，枝条被改变的弯曲度也许会慢慢得到恢复，也许永远就那样被改变了。林中到处都是滴水声。雪第一天化不完，化着化着在寒冷的空气中便冻结了，形成光溜溜的树凌，齐刷刷、沉甸甸地下垂着。第二天接着融化，阳光照耀，银光闪闪。这些冰里的阳光显得格外明亮。这些树凌往往几天以后才能化完。雪消失了，但它的清冷留下来。在傍晚，在黑夜，它的清冷会留在一个人的灵魂和身体里。

从这些方面来讲，雪不仅属于当下，雪还属于未来。事实上，雪一直在我们的生活中时隐时现地存在着。

很多很多年以前——隔着许许多多个冬天、许许多多场大大小小的落雪，看不清楚了——一场雪落在一个贫穷荒凉的小村庄里。那儿有一座座低矮昏暗的黄土房子，房子离得很近，炊烟袅袅，鸡犬之声相闻。很多人家的房前都种着枣树、杏树、椿树或大叶桐，树与树之间枝柯相交、花叶烂漫。那儿的人们也喜欢种桃树，但不知怎么，他们从不把桃树种在院子里，而是种在屋后或小溪边，这里面有一些民俗性的忌讳和讲究。

那年冬天，一个人在一场大雪落下来的时候出生了。

雪落在一家家房顶上，落在一片片树林里，落在一望无际的田野上，大雪茫茫，天地皆白。一夜之间，雪把村后的竹林压倒了。村庄变成一个巨大的雪团，仿佛村庄被一层层白色的绷带包裹起来。人间的幸福和欢乐得到祝福，世上所有的伤痛和不幸都受到了呵护。而村头那眼老井，显得又深又黑，雪怎么也填不满，像一个巨大的眼眸，仰望着天空。一场大雪是一个人生命的开始，从此，寒冷与纯洁、美与苦难、黑暗与明亮、苍茫与寂静、幸福与梦想便伴随着那个人了。他的生命有很多雪的气质和雪的特点，他那颗敏感的心在现实的粗粝中不可避免地破碎与耗损。许多个冬天过去了，四季轮回，周而复始，但那场雪在那个人的一生里一直没有融化。

可见，他这辈子从一开始就注定和雪保持着一种根深蒂固的关系了。

大　地

　　那么多的庄稼到地上浩浩荡荡走一遭，然后又突然无声无息地回去了。就这样，那么多的庄稼说走就走了。它们来到大地上的时候很慢，仿佛从很远的地方一点一点走来——从另一个世界深处。它们铺天盖地地带来深浅浓淡的色彩。它们给大地带来充实和丰厚。它们走的时候却很快，什么也没留下，就像被一阵大风一下子刮跑了。

　　大地突然间空了下来。无边无际的空白。庄稼的离去显出大地的广阔、沉默和荒凉——这时，我感觉大地离我更近了。

　　河水清凉，汤汤远去。站在西沙河高高的堤坝上，可以清清楚楚地看到浩浩长空下那一个个小小的村庄，它们是李营、贾顾庄、杨桥、刘礼庄、丁庄、张村、竹洼，以及更加遥远的刘关庄。许多事物的细节清晰地呈现出来。这么多的村庄罗列在大地上，在暮色沉沉的黄昏，每一个村庄都仿佛是这个世界上最后一个村庄，寂静、温暖、古老，仿佛人类在这个大地上的某种最初的流浪和最后的归宿。而在焦炭般的黑夜，这些村庄仿佛随时会离去。也许每个夜晚——当最后一盏微弱的灯火熄灭时——它们就风筝一般和大风一起走远。而在钢蓝色的黎明前，它们又从又高又远的地方悄悄回来。每个夜晚，那些小房子就会丢失很多说不出名字的东西，而在同一个夜晚，另一些小房子也会得到很多另一些说不出名字的东西，梦想、悲欢、歌哭、生死。

每一条小路都走远了。

每一条小路都有一个无人知道的走远的理由。有时是路带着人走，有时是人带着路走。这些小路，有一些我曾反复走过，以后还要反复去走，走累了，我会在哪个树桩上坐一会儿，坐在上面歇歇脚——我看清朝佛教画家丁观鹏的画作《法界源流图》，我看到佛不是只坐莲台，佛有时也会坐在树桩上。有一些小路我还从未踏上过，也许今后也永远不会踏上。

很多树叶也走远了。在一些满天都是大风的夜里，无数树叶在天空中呼呼纷飞，它们离树越来越远——无法停止地长久而被动地飞行——最后不知飘到哪里。经过一个漫长的夏季，树枝也走远了。树枝在天空中不停地走呀走，不知道什么时候才会回来。

树枝永远都没有退路。

所有的树根也都走远了，树根越走越远，最后留在有水的地方，温暖、潮湿、黑暗。树根再也不回到地面了。大地上，很多事物都走远了。那些最终留下来的，只好默默地守住自己。

大地，我在它的怀抱中生活。我也留了下来——我从许许多多纵横交错的梦想中返回，最后默默地留在生活中。

对我来说，大地既是一种具体的事物，也是一个抽象的词。有时它是我肉体里的钉子、锈迹、毒刺、疼痛和绝望、某种小小的闪烁和熄灭。有时它是灯火、水分、一朵玫瑰、一双手、早期诗歌中的骨头和盐、一种生存深处的力量。我流水般从一个大地深处走向另一个大地深处。最后，我在生活中停留下来，变成一个小小的水塘。所有在我生命中经过的事物都留下它们的影子。我深刻地热爱着我生命中的一切。我静静地映出高高的天空。我在大地中陷得有多深，天空就在大地中陷得有多深。我的梦想也就是大地的梦想。许多事物纷纷离我而去，大地，我什么都没有了。我只有种子和写作。